青年战"疫"

华西医者的仁心与担当

QINGNIAN ZHANYI
HUAXI YIZHE DE RENXIN YU DANDANG

程永忠 廖浩君 主编

四川教育出版社

华西人战"疫"大事记

三月 11
华西医院2名专家加入中国红十字会志愿专家团队，飞赴意大利和意大利人民共同抗击新冠肺炎疫情，并任专家组组长。

三月 20
华西医院第五批援鄂医疗队圆满完成任务，10名队员返回成都。

三月 21
华西医院第一、四批援鄂医疗队圆满完成任务，23名队员返回成都。

四月 7
国家卫生健康委员会指派的专家，以及华西医院第二、三批援鄂医疗队圆满完成任务，141名队员返回成都。

四月 11
接国家卫生健康委员会指令，华西医院委派1名专家赴黑龙江绥芬河支援抗疫。

四月 16
华西医院负责牵头组建中国政府赴埃塞俄比亚、吉布提抗疫医疗专家组，从成都启程赴埃协助开展疫情防控工作，华西医院委派7名专家。

四月 20
四川大学华西医院援鄂青年突击队荣获第24届"中国青年五四奖章"集体奖。

四月 21
最后一批援鄂英雄共计140人结束隔离，华西医院隆重举行抗击新冠肺炎疫情外派医疗队凯旋仪式。

四月 29
受国务院应对新冠肺炎疫情联防联控机制综合组指派，1名院感专家赴西藏参加陆路口岸输入性疫情防控工作指导。

五月 12
受国家卫生健康委员会指派，华西医院2名专家再次赴武汉参加抗疫指导。

九月 8
四川大学华西医院荣获全国抗击新冠肺炎疫情先进集体称号。

九月 23
四川大学华西医院援鄂重症救治医疗队被中宣部授予"时代楷模"称号。

编委

主　审	张　伟　李为民
主　编	程永忠　廖浩君
副主编	万　智　余　淳　唐绍军
编　委	刘　榴　徐原宁　王　瑞　邓　凯　童嘉乐　佟　乐
	王　维　吉克夫格　叶志宏　曾利辉　张茜惠
撰稿人	李　萌　李牧雨

特别鸣谢

卫新月（重症医学科）	王旻晋（实验医学科）
王梓得（重症医学科）	王　铭（感染性疾病中心）
王　鹏（重症医学科）	叶嘉璐（心理卫生中心）
白　雪（重症医学科）	朱仕超（医院感染管理部）
朱国念（公共实验技术中心）	乔　甫（医院感染管理部）
刘　瑶（重症医学科）	杨秀芳（心理卫生中心）
吴孝文（重症医学科）	何　敏（重症医学科）
张宏伟（基建运行部）	张　凌（肾脏内科）
范红英（头颈肿瘤科）	岳冀蓉（老年医学中心）
周秋羊（重症医学科）	赵思涵（志愿者）
宫晓鸿（心理卫生中心）	格绒下姆（眼科）
唐　舸（宣传部）	黄丽蓉（感染性疾病中心）
蒋莉君（心理卫生中心）	曾　鹏（康复医学科）
赖　巍（重症医学科）	雷　舒（腹部肿瘤科）
雍　鑫（设备物资部）	蔡　琳（重症医学科）
薛　杨（重症医学科）	薄　虹（重症医学科）

谨以此书献给
新冠肺炎疫情防控阻击战的
所有英雄

序

伟大抗疫精神下的华西人

张 伟

2020年9月8日，习近平总书记在全国抗击新冠肺炎疫情表彰大会上的讲话中指出："在过去8个多月时间里，我们党团结带领全国各族人民，进行了一场惊心动魄的抗疫大战，经受了一场艰苦卓绝的历史大考，付出巨大努力，取得抗击新冠肺炎疫情斗争重大战略成果，创造了人类同疾病斗争史上又一个英勇壮举！"他总结概括道："在这场同严重疫情的殊死较量中，中国人民和中华民族以敢于斗争、敢于胜利的大无畏气概，铸就了生命至上、举国同心、舍生忘死、尊重科学、命运与共的伟大抗疫精神，充分展现了中国精神、中国力量、中国担当。"

在这次表彰大会上，四川大学华西医院荣获全国抗击新冠肺炎疫情先进集体称号。华西医院生物治疗国家重点实验室、肿瘤中心主任魏于全院士，呼吸与危重症医学科主任梁宗安教授，重症医学科主任康焰教授，医院感染管理部部长宗志勇教授荣获全国抗击新冠肺炎疫情先进个人称号。同时，梁宗安教授、康焰教授还被评为全国优秀共产党员。

为深入贯彻习近平总书记在全国抗击新冠肺炎疫情表彰大会上的重要讲话精神，大力弘扬伟大抗疫精神，9月23日，中宣部向全社会发布了国家援鄂抗疫医疗队等10个抗疫一线医务人员英雄群体的先进事迹，授予"时代楷模"称号，褒扬他们是"抗疫英雄"，号召全社会向他们学习。其中，四川大学华西医院援鄂重症救治医疗队赫然在列。

"这份沉甸甸的荣誉,是数千名华西医院医务人员与疫情抗争的结果,作为医务人员,哪里有需要,哪里就是我们的战场!"华西医院李为民院长接受记者采访时这样说。

家国情怀,平民情感,休休有容,革故鼎新——华西人从未负国!

华西人的战"疫"记录

在疫情暴发后,华西医院以不遗漏一例新冠肺炎患者为目标,第一时间建立2个24小时开放的发热门诊;截至9月15日全院各个临床科室600多名医师全力支援发热门诊,筛检发热患者2.8万例,近12万例核酸检测、8500例CT(计算机层析成像)筛查,隔离治疗345人。仅用10天时间改建出300张床位的独立诊治中心,实现应收尽收、应治尽治;在全国率先建立"三通道""三个分开"院内防控机制,切实做好院感防控,实现院内病患及医务人员"零感染"。

为了全方位支撑四川省疫情防控,华西医院全面接管成都市公共卫生临床医疗中心重症病房,派出69人规模的医务队伍,历时54天,在成建制接管后实现了重症、危重症患者"零死亡"的佳绩。

同时,华西医院在全国首次建立5G技术远程医疗多科、多地会诊模式,专家组每天对全省208家定点医院的每例重症、危重症病患制定个体化、精准化的治疗方案,使得四川省在成都以外市(州)无一例患者死亡。

华西医院还在第一时间开通疫情专项心理干预咨询电话和提供网络问诊服务,面向公众构建了疾病咨询、心理咨询、自我测评与居家管理"四位一体"的新冠肺炎疫情干预整合平台。

1月25日,国家卫生健康委员会指派援鄂的四川省第一名院感专家乔甫从成都出发,在武汉坚守74天,全程指导武汉客厅方舱医院、雷神山医院等地院感防控工作。

华西医院派出5批次共174名医务人员驰援武汉一线，是四川省派出援鄂队员最多的医院。华西医院在全国首创重症分区精准治疗模式，其援鄂团队救治的重症、危重症患者死亡率远低于武汉市整体患者死亡率。华西医院还派出8名重症、检验、院感方面的专家驰援黑龙江、新疆，协助当地疫情防控救治工作。

在支援国际战"疫"方面，华西医院共派出19位顶级专家赶赴意大利、埃塞俄比亚、吉布提、阿塞拜疆支援海外新冠疫情防控工作；向格鲁吉亚政府捐赠医院自主研发的快速检测试剂盒等防疫物品；远程连线意大利、西班牙、英国、莫桑比克、黎巴嫩，与海外同行分享抗疫"华西方案、四川经验、中国智慧"。

科研攻关是华西医院的硬核之力。在四川省新冠科研项目的支撑下，华西医院开展关键防控技术集成推广应用研究，第一时间发表《新型冠状病毒感染医院内防控的华西紧急推荐》指导全国各级医院的防控工作；开展基于大数据的新型冠状病毒流行病学研究，为四川省防控决策提供科学支撑；联合清华大学自主研发的国内首个快速检测试剂盒，可在1.5小时内一次性检测包括新冠病毒在内的6种呼吸道常见病毒，获国家药品监督管理局批准生产并用于一线防控，该成果于2020年3月2日获习近平总书记肯定；魏于全院士团队牵头研发的新冠病毒重组蛋白疫苗已进入临床试验阶段。

哪里有需要，哪里就是华西人的战场；华西人在哪里，哪里就能交出令人骄傲的答卷。

华西人最看重"家国情怀"

回想起2020年2月7日，在华西医院第三批援鄂医疗队的出征仪式上，院领导带领出征队伍重温医学誓言，一时间整齐豪迈的声音响彻古老的华西坝："健康所系，性命相托……"

这样令人热血沸腾的出征场面，和华西人80多年前投笔从戎走向抗日战场时一样，和华西人60多年前跨过鸭绿江奔赴抗美援朝战场时一样，和华西人17年前出发前往非典隔离病房时一样，和华西人12年前出发前往汶川参加地震医疗救援时一样，和华西人10年前出发前往玉树参加地震医疗救援时一样，和华西人7年前出发前往芦山参加地震医疗救援时一样，和华西人5年前出发前往尼泊尔参加地震医疗救援时一样……

回顾华西医院百余年的发展历程，华西人最看重的就是"家国情怀"。

华西医院诞生于西学东渐、中西交流的晚清时期。其前身是1892年建立的存仁、仁济医院。华西医院成立之初，其目的和宗旨是促进天府之国的发展。之后的120多年里，华西医院始终坚持以家国、社会责任为己任，以独特的育人模式、优质的教学资源，培养了一批又一批我国医学领域的领军人物。

1927年，华西医院作为教学医院，提出"教授高深学问，养成高尚品格，增进人类幸福"的办院宗旨；1936年，正值抗日战争之际，华西医院的办院宗旨又加上了"创造将来文化，复兴中华民族"12个字；华西医院弃医从军的抗日怒潮在1941年至1945年达到顶峰，1945年，华西医院所有的毕业生全部提前毕业奔赴抗日前线；在20世纪50年代的抗美援朝战争中，华西医院有上百位学生参军……

一直以来，华西人遵循"厚德精业，求实创新"的院训，践行"关怀、服务"之理念。无论是省内的汶川、芦山，还是国内的贵州、云南、青海，甚至是朝鲜、尼泊尔等国家乃至遥远的非洲，哪里有灾难，哪里就有华西人的身影。华西人用实际行动践行着"健康所系、性命相托"这一动人的医者誓言。

华西的辉煌，凝聚了历代华西人的汗水、智慧和心血。因为有前人的积淀，才有华西医院今天成长学习的平台。新的时代赋予华西医院新的要求，在建设"健康中国"的战略背景下，站在新的起点，奋力谱写高质量医疗的新篇章，是时代的呼唤、历史的责任，也是每一位华西人身上的责任。

在这次疫情下，不论是华西医院全体员工还是社会各界群众，都会对华西医者的仁心与担当有更深刻的认识和体会！

华西青年的精神品相

党旗所指，团旗所向。四川大学团委、四川大学华西医院团委积极动员青年投身疫情防控工作，在抗击新冠肺炎战"疫"的第一线先后组织了5支青年突击队，分别是援鄂青年突击队、援成都市公共卫生临床医疗中心青年突击队、院内战"疫"一线青年突击队、院内后勤保障青年突击队以及应急志愿服务青年突击队。他们活跃在战"疫"的第一线，以不同的方式展现了华西青年的精神风貌、业务能力和人文关怀。

2020年2月7日，华西医院派出130人的医疗队作为国家援鄂抗疫医疗队赴武汉开展救治工作，其中医生30人、护士99人、工程师1人。这是华西医院历史上应对国家重大突发公共卫生事件一次性派出的规模最大的医疗队，也是华西医院为增援武汉新冠肺炎疫情防控派遣的第三支医疗队伍。

在援鄂医疗队中，华西医院以35周岁（含）以下的青年医务骨干为主体，组建成立了四川大学华西医院援鄂青年突击队。救治工作期间，突击队充分发挥专业优势，发扬"不畏艰险、冲锋在前"的精神，主动承担救治工作中最危险的操作，并且积极撰写"战地笔记"，以青年之笔正面发声，引起广泛社会反响。突击队中涌现出了大批优秀人物和大量的感人故事，被央视等主流媒体广泛报道。

4月20日，四川大学华西医院援鄂青年突击队荣获共青团中央、全国青联共同颁授的第24届"中国青年五四奖章"集体奖。这些荣誉，印证了华西医院新一代青年医务工作者的精神高度。

在华西医院这个拥有9600多名职工的团体里，35周岁（含）以下的青年有5300余人，其中团员1458人，这些青年如今已是医院的骨干，是医院的未来，是健康中国战略坚定不移的践行者和守护者。在新的时代，华西青年人更应遵循和传承"厚德精业，求实创新"的华西院训，坚守"关怀、服务"之理念，发出"青年服务国家"的时代之声。

华西精神和文化不断创新、丰富、完善和提高，历经风云变幻，逐渐形成，并一代代有序传承了下来，今天，我们又在华西青年一代身上看到了它们。他们无私、无畏、无悔、大勇、大爱、大义的行动表现，是对华西青年精神品相的进一步诠释。

习近平总书记指出：青年是国家和民族的希望。在这次抗疫斗争中，青年一代的突出表现令人欣慰、令人感动。参加抗疫的医务人员中有近一半是"90后""00后"，他们有一句话感动了中国：2003年非典的时候你们保护了我们，今天轮到我们来保护你们了。长辈们说，哪里有什么白衣天使，不过是一群孩子换了一身衣服。世上没有从天而降的英雄，只有挺身而出的凡人。青年一代不怕苦、不畏难、不惧牺牲，用臂膀扛起如山的责任，展现出青春激昂的风采，展现出中华民族的希望！让我们一起为他们点赞！

《青年战"疫"——华西医者的仁心与担当》是一部长篇纪实文学。它以"生命至上、举国同心、舍生忘死、尊重科学、命运与共"这20字伟大抗疫精神为纲，展现了华西医者"不计报酬，无论生死"的仁心与担当，尤其勾勒出青年医务工作者的英雄群像。他们作为青年一代医者的杰出代表，不怕苦、不畏难、不惧牺牲，用臂膀扛起如山的责任，展现出青春激昂的风采，被誉为新时代最可爱的人。

每一代人有每一代人的担当和使命，有人说，这场战"疫"是新青年的成人礼。这本书里所记录的虽然是华西青年，但他们又何尝不是中华民族新一代青年的缩影？这其中的华西精神，又何尝不是伟人抗疫精神的缩影？

四川大学华西医院党委书记
2020年9月

目录

引子 / 001

004 生命至上
请战：以生命赴使命，用大爱护众生

闻令即动的青年先锋 / 006
特别的白衣天使，一样的华西人 / 012
把牵挂和不舍化作一堂使命课 / 016
老吾老以及人之老，把谎言化为力量 / 020
请战书：不计报酬，无论生死 / 023

030 举国同心
出征：危急时刻，又见遍地英雄

川军出征 / 032
中国青年，我们聚在一起便是炬火 / 035
没有从天而降的救世主，只有挺身而出的凡人 / 043
每一位英雄背后都有一个家庭 / 049
EMT：华西青年精锐之师 / 055

064 舍生忘死
鏖战：困难面前豁得出，关键时刻冲得上

我们华西医疗队没有怂人 / 066
一群与死神抢命的人 / 079
像一名共产党员那样去战斗 / 089

家人是亲人，更是并肩的战友 / 095
青年的热血温暖了武汉的寒冬 / 101
心理战"疫"：陪你一起扛过艰难的日子 / 112
战友情深：岂曰无衣，与子同袍 / 116
大后方战"疫"：守好成都第一道防线 / 125
后勤保障突击队：让医务人员实现拎包出征 / 134
给人们带来温暖的志愿者 / 138

156 尊重科学
科研：华西方案，彰显硬核之力

疫情防控，院感先行 / 158
华西科研人吹响战"疫"号角 / 162
革故鼎新：名医聚首5G远程会诊 / 166
大众医学科普，华西人一直在创新 / 170

178 命运与共
新生：同胞之爱，天下大爱

华西青年的"新生" / 180
从小家的爱，到天下大爱 / 186
血脉传承：前辈引领，后辈接棒 / 195

引子

2020年，又一个庚子年。

这个在历史上时常经历坎坷灾难的纪年字符，在寒风的呼啸声中，悄然而至。地球在亘古不变的运行轨道上缓慢又从容地旋转着，2020年的春节却来得要比往年早一些，举国上下、五湖四海，孩子们盼着寒假，欢呼雀跃，大人们念着年三十，盼着团圆。

然而，就像2019年年初必定载入中国科幻电影史册的《流浪地球》中那段沉缓又富有寓言意味的旁白一样，"起初，没有人在意这场灾难，这不过就是一场山火、一次旱灾、一个物种的灭绝、一座城市的消失。直到这场灾难变得和每个人息息相关……"一场突如其来的疫情，打破了新春的喜悦，未知的病毒逐渐浮出水面，可怖的面目将过年的气氛席卷一空，一时间人人自危。

不明原因的病毒性肺炎患者病情迅速发展，临床表征与17年前掀起骇然巨浪的非典（传染性非典型肺炎）高度相似。2020年的第一个月，春节将至，人人盼着阖家团圆，归心似箭，祥和轻快的气氛中，武汉医院中接诊的不明肺炎患者却悄然增加，从个位数，到十位数，再到百位数……终于，疫情在年三十左右彻底暴发，不明原因的病毒性肺炎正式被命名为新型冠状病毒感染的肺炎（以下简称"新冠肺炎"）。

2020年1月23日，武汉市新型冠状病毒感染的肺炎疫情防控指挥部向湖北全省发出通告：自2020年1月23日10时起，全市城市公交、地铁、轮渡、长途客运暂停运营；无特殊原因，市民不要离开武汉，机场、火车站离汉通道暂时关闭。至此，九省通衢、横跨长江两岸的大武汉，为了遏制疫情的发展，打赢抗疫第一战，做出了巨大的牺牲，连同1400万武汉人民一起，就此封城。

新冠病毒以难以想象的速度蔓延肆虐，全国各地陆续传来确诊和疑似病例报告。渴望团圆的热切心情与越来越严重的疫情，注定要让国人经历一场理智与情感的拉锯战。

为了抗疫，中国人民做出了巨大的牺牲，前线浴血奋战，大后方人民自觉"困守"室内。最是讲究年节时走访亲友、聚会交际的中国人自发做到了"大门不出，二门不迈"，每天守在电视机、手机前，牵挂着武汉的疫情，心中默默祈祷着："武汉加油！中国加油！"

千千万万的医务工作者披上战袍，坐着飞机、汽车、火车风尘仆仆地奔向同

引子

一个目的地——疫情暴发的武汉战"疫"前线。距武汉直线距离1000公里左右的华西医院也在疫情暴发之初,迅速响应党和人民的号召,成立了支援武汉抗击疫情的领导机构,并组织抗疫支援队伍,随时为奔赴前线做好准备。肩负家国情怀的华西人纷纷写下请战书,并按下鲜红的手印,义无反顾地奔赴那没有硝烟的战场。这一去,就是两个多月。

在这支负重逆行、脚步匆匆、辗转鏖战的队伍中,我们看到了令人振奋、催人泪下的特写镜头:在一群中老年骨干医务人员的带领下,众多的青年医务人员打头阵、扛大旗、担重担、冲难关、冒重险,战斗在最前线,奉献在最前线。青年,这两个鲜活而普通的字,在2020年的春天,再一次绽放出耀眼的光芒和灼热的温度。

众多华西青年脱颖而出,众多华西青年冲锋陷阵,众多华西青年接过了师长的听诊器和手术刀,在这场人与疫病殊死搏斗的战争中,坚守住阵地,赢得了尊严。少年智则国智,少年强则国强。百年华西后继有人,华西有幸,中国有幸!

哪有什么岁月静好,只是因为有人在为我们负重前行。疫情肆虐之时,所有为防控工作而努力的人都是负重前行的人,都值得致以最真诚的感谢和崇高的敬礼。华西青年的战"疫"故事,将会被历史浓墨重彩地书写,被亿万中国人永远铭记!

请 战

以生命赴使命，用大爱护众生

新冠病毒突袭而至，这一百年来全球发生的最严重的流行性传染病在2020年的春天给神州大地笼上深重的阴影。武汉告急！湖北告急！中国告急！急令传彻中国的每一寸土地，传进每一个中华儿女的心里。每每在这种危难时刻，中华民族会迸发出让世界为之惊叹的勇气和力量。

作为四川医疗界乃至西南地区医疗资源和医护力量排名第一的华西医院，一马当先扛起了支援武汉、支援湖北、奋战一线、抗击疫情的先锋重担。院内上千名医务人员主动报名"参战"。面对没有硝烟的战场，面对与死神的搏斗，去还是不去？这不是选择，关乎使命。没有犹豫，没有退缩，庄重地写下请战书：不计报酬，无论生死。

这不是虚构，这是真真正正的现实。

其实，每一封请战书背后都有一个特别的家庭。在那本该阖家团圆的一个个日夜，一幕幕请战、分别的故事极富叙事张力与历史现场感。那种依依难舍、担惊受怕、慷慨激昂的情愫，那些日记、嘱咐、影像留下的记忆，如雪泥鸿爪，拥有感人肺腑的力量。

那一封封手写请战书、一个个英雄的名字、一幕幕分别的故事，汇聚起来，在2020年那个特别的春天，谱写下以生命赴使命、用大爱护众生的壮丽史诗。

闻令即动的青年先锋

"这注定是个不平凡的夜晚。"

2020年1月23日，武汉被按下"暂停键"。我们的国家，正面临着一场绝不能输的硬仗。而广大医务人员，注定是这场硬仗的先头部队。

随着疫情的发展，政府采取了封城、隔离等措施，民众自觉待在家中，满城的年味儿与空旷的街市形成了鲜明的对比。鲜红的灯笼高高悬挂，商家的彩灯光焰闪烁，但是行人寥寥，车辆几无。华西医院感染性疾病中心的黄丽蓉回忆起当时的情况，深有感触——"护士长通知：将派江雪、冯佩璐、银玲3位老师前往武汉支援，所以将对所有人员的班次进行调整，请大家保持通信通畅，等待进一步通知！"

在"感染护理之家"工作微信群里看到这条消息后，黄丽蓉没有感到意外。

命令果然下达了，看来前往武汉的任务不再是自己的预感，而将是真实的现实。武汉是新冠病毒肆虐的中心区域，去那里犹如上战场，从当前的严峻形势看，有太多未知的危险。虽然前期在医院领导、护理部领导的动员下，大家都积极报名去最前沿阵地，但没想到出发的指令来得这么快。

黄丽蓉在日记里写道：

华西感染科病房攒动的人头中，少了几个白衣的身影。他们也恐惧病毒的肆虐吗？他们畏缩在家中过起大年了吗？当有人这么推测时，殊不知，这群人（刘焱斌医师，江雪、冯佩璐、银玲主管护士）早已踏上了"万里赴戎机"的征程，直奔抗击新冠肺炎疫情的第一线——武汉！是的，和其他白衣英雄一起，他们出征了。

"感染护理之家"微信群中争先恐后的请战接龙，"轻松地"接在请战辞后的一个个笑脸，尤其让我们感受到华西人的勇气。他们在下定决心的同时，内心深处何尝没有瞻前顾后的复杂心绪？江雪是与我一起工作10年的同事，当她接到通知要去武汉，告诉她妈妈和女儿的时候，妈妈和女儿哭了，一再请求她别去。哪个父母希望自己的儿女去冒险，年幼的女儿也不愿失去妈妈的陪伴。只不过他们更清楚，站在他们身后的是我们所有华西人，是14亿中国人，再恐怖的疫情也无法阻止同胞伸出的援手——荆棘或许可以阻止脆弱摇摆的人，但是真正的勇者，却只会毅然前行。

"如果我们都不去，那谁去？"这是其中一位出征的英雄——感染性疾病中心刘焱斌医师临行前留下的一句话。短短的10个字，饱含了莫大的坚定决心。能有这样的觉悟和意志，绝对不仅仅是一个年轻人的血气方刚，更多的是出于身为医务人员的责任感。在这样日益严峻的疫情面前，他们又怎不知道自己将深入"虎穴"？兵家常道"置之死地而后生"，17年前非典肆虐南粤大地时，当时的白衣战士出生入死，前仆后继地去同"敌人"抗争。17年后，新生的"强敌"卷土重来，这一代的战士又全副武装，毅然出征。只是，这一次不一样了，历经了10多年磨砺，他们的枪更锋利，他们的盾更坚实。此役远赴武汉，他们一个也不能少，一个也不会少。

千里之外的武汉，对于年轻的战士来说，仅是一个陌生之地。在武大的樱花孕蕾时，他们来到这里——不是在芳草萋萋的鹦鹉洲上，也不是在波涛滚滚的长江边，而是在湿冷的隔离病房中，穿着沉重的全套防护服，被闷在口罩之下。眼前的挡板上，覆盖上了一层厚厚的水雾，即使远看，也能感受到他们的呼吸有多困难。但就是这双唯一能露出的眼睛，却透出"我们一定要救人"的坚定。他们深谙一个道理："死神只需要战胜我们一次，但是我们必须战胜死神无数次。"哪里有什么白衣天使，真正有的，只有同心协力、奋勇抗疫的战士。

黄沙百战穿金甲，不破楼兰终不还！

同样是1月23日，吴孝文接到护士长消息说要去武汉驰援，立即连夜从老家赶回成都待命。

吴孝文是重症医学科的一名护士，两天前接到报名通知后，身为科室里为数不多的男护士，又是EMT（国际应急医疗队）的队员，他毫不犹豫地报了名。

"没有理由，就是要来。"他在日记中平静地写道：

在驰援武汉之前，很多人包括媳妇、奶奶、姐姐、同事、朋友等都问我：为什么要来？可不可以不来？我只是说：没有为什么，没有理由，就是要来。他们都以为是医院的派遣，但其实我是自己主动报名的。在疫情扩散开来的时候，医院就在召集应急储备人员，EMT团队也在群里发布信息召集人员，那个时候我的思绪就飘到了武汉，潜意识里觉得那里可能也需要去人。也许是命运使然，也许是自我暗示应验了，疫情严重，护士长在群里问：要派人去武汉支援，谁报名？我没经思考马上就回了她：我可以。发完消息我这才想起，好像这事应该和媳妇商量一下。媳妇最开始是觉得我没有正确认识疫情的严重性，不明白去武汉要承担多大的风险，让我不要去。但后面我们连通了几次电话，看我意志坚定，她也就同意了。我们俩相处的模式就是这样，相互担心，相互心疼，也相互体谅和尊重。

1月24日，大年三十，当吴孝文接到第二天立刻就要出发的通知时，心里还是有了点波动——"做决定其实很容易，但真正要出发时，心里又有很多牵挂……"

他想到和自己同为华西医院护士的妻子，想到马上要满两岁的儿子还在外公外婆家等着爸爸妈妈去接……万一自己被感染了，他们怎么办？

吴孝文自信当第一时间做出去武汉的决定时，他的确丝毫没有犹豫，那是一个医者的本能，是多年职业训练的自觉反应，也是体内那股深深刻就的中华男儿的热血在奔涌。但是，真的要出发了，他才突然惊觉，自己不仅是一名护士，还是一个父亲、一个丈夫、一个儿子。特别是回家面对着幼小的儿子、亲爱的妻子，他这才意识到怎么没多想想他们呢，更何况还有老父老母……在这风声鹤唳，也许疫情很快就会蔓延到成都的危险时刻，他把他们都抛下了，一旦有什么意外，将来怎么面对他们？

他后来在日记里写道：

儿子在年前就送回了老家，已经分隔很久，只有待武汉之行结束后再去见他。媳妇说他长高了点，能说出来的词汇也更多了，想他。媳妇也是我们医院的，在收治呼吸疾病的老年病房，也是疫情防控的重点科室。我大年初一去武汉，她初一回自贡老家，但当天下午就被通知回成都待命支援，初二就回了成都。这样未知的时刻，我没在她身边，儿子也没在她身边，她不仅要照护病人、防控疫情，还要担心我和儿子，真想抱抱她，给她点力量，说声：爱你，加油！

大年三十下午，短暂的失措之后，吴孝文又恢复了镇定，和妻子吃了顿年夜饭，两人先后去了医院，一个收拾行李，一个上夜班。

这可能就是中国人面对责任与亲情时的常态：知晓困难，知晓牺牲，但还是得去。一旦去了，九死不悔。

这本是一道多选题，但中国人往往把它当作单选题来做，只给出唯一答案。

急诊科护士童嘉乐也给出了他的答案。

童嘉乐记得，小时候父亲得过一场大病，在华西医院（那时候还叫"川医"）住院治疗。看到父亲被病魔折磨得不成样子的消瘦身影，那时的童嘉乐就想，将来有机会一定要学医，那样就能治好父亲的病，减轻他的痛苦。

后来，父亲在华西医院的治疗下慢慢康复了，二十几年都没有复发。长大后，童嘉乐才知道，父亲得的是淋巴瘤。在童嘉乐看来，父亲的痊愈简直就是一个奇迹，这让他对医学产生了一种崇敬和向往，并一直往这个方向努力。后来，童嘉乐有幸成了一名男护士，实现了儿时的愿望。

这个春节面对着突如其来的疫情，童嘉乐的心情格外复杂。他的妻子刚刚怀孕不久，还需要他的细心照料。但看到无数白衣逆行者前往武汉，他内心总是有一个声音告诉他，一定要争取赶往前线，贡献自己的一分力量。

童嘉乐写下了一份请战书和一份入党申请书。

为了确保成行，童嘉乐又单独给叶磊护士长发微信，主动请缨，恳请组织安排他上前线。

由于害怕父母担心，童嘉乐决定暂时不告诉他们。

消化内科副护士长王瑞倒是打电话告诉了丈夫陈心足，只不过是在递交请战

书之后。

"我们比较有默契,也能理解对方。"王瑞说,"他肯定猜得到我会主动请战。"

"我很理解她的选择,也敬佩她的决定和行动。其实,我也瞒着她向医院交了请战书。"陈心足说。

陈心足是华西医院胃肠外科的副主任医师,此时正被外派宜宾担任华西宜宾医院的副院长。

他们的两个女儿,一个5岁,一个2岁,前几天被外婆带去外地过冬,这也让他们的出征减少了后顾之忧。

王瑞是在出发前一天的10点钟收到第二天出发去武汉的通知的。她早就做好了临行前的准备,为了方便工作,减少交叉感染,她主动剪去留了多年的长发,为自己壮行。

陈心足此时正在宜宾忙碌着,医院院感防控、发热门诊、人力资源调配等种种事务,都是他在负责。

出发前夜,王瑞给陈心足打了个电话,告诉他自己第二天要去武汉了。

陈心足很遗憾无法回来为妻子送行了。

王瑞很能理解,毕竟非常时期,同是医务人员的陈心足肯定也忙得不可开交。

然而,第二天早上,陈心足却突然打电话告诉王瑞,说他可以回来了。陈心足难道请到假了?在抗疫形势如此严峻的时刻,这不可能吧?

"我可不是专门来看你的。我是代表医院去双流机场接收国外捐赠的防疫物资的。"陈心足很实诚。

于是,在接收物资之前,陈心足赶到送行会现场,在妻子面前露了个脸,就匆匆赶去接收他的防护物资去了。

"完全是意料之中的事情,特地回来一次反而不是他的风格。"王瑞总结道。

特别的白衣天使，一样的华西人

春节前夕，一位藏族姑娘、"90后"眼科护士格绒下姆正在甘孜州丹巴县革什扎乡洛尔村老家，默默地接受大伯的责备。

"现在疫情严重，你作为一名医务人员，又是党员，今年就不该回来的！你想想你的同事们，现在可能都在紧张着呢，疫情来了，医院是最忙的地方，那是打仗呢，你能安心过节吗？好吧，回都回来了，我也不说你了，但是过几天回去上班了要注意保护好自己，如果有机会，如果要派人去武汉，你要主动申请，听见没有？你是勇敢的孩子，不会有事的，我们全家都相信你能做好，做个称职的好护士，听到没？"大伯汪扎是一家之主，在家里说话向来分量很重，这一番话让格绒下姆又急又愧。在华西做护士相当于天天在走钢丝，责任大任务重，一年忙到头好不容易在春节期间回来休息几天，当时真的没有意识到疫情那么可怕，格绒下姆委屈得想掉眼泪。但是大伯的话又句句入心，让她无从辩驳。

第二天，格绒下姆便取消了休假，踏上了返程的路。说实话，天天在新闻里看到全国医务人员都在投入紧张抗疫的第一线，华西的同事们更不可能闲着，自己在家里待着真是如坐针毡，还是赶快回吧。

格绒下姆是个漂亮的藏族姑娘，她还有一个很好听的小名叫格桑，意为幸福、美好。靠着过人的天赋和不懈的努力，她从丹巴山村一路走向省城成都求学，毕业后顺利通过华西医院的实习考核，成为医院里的一名眼科护士。

回到成都后，果然，科里气氛沉重，医院好像大变样了，所有措施都在围绕抗击新冠病毒肺炎而展开，人人走路都像在跑，到处是全副武装的白色身影。格绒下姆赶紧投入工作，先是参加了医院急诊科的志愿服务工作，紧接着又去支援医院重症医学科的临床护理工作。

2月6日晚，当看到护士长在群里统计志愿申请去抗疫一线人员的消息后，她第一时间报名，并写下了请战书。

1个小时后，护士长的电话来了：下姆你入选了，上级批准你参加援鄂医疗队。那一刻，她既紧张又激动，没想到大伯的嘱托这么快就成了现实！她立刻打电话告知了大伯。大伯一听，既高兴又激动，这个令全家族骄傲的女孩要去前线了！下姆要去做顶顶荣耀的事情了，这也许将是她这辈子最争气、最勇敢的时刻！全家族都高兴啊，去前线说危险当然危险，但这是为了众生的幸福在做事，下姆这下真的长大了！大伯叮嘱她要注意安全，要保护好自己，然后，立即要转给下姆600元钱，让她带到武汉去，捐给武汉当地相关部门。

"现在的好日子离不开党和政府的领导，现在正是需要医务人员的时候，你报名参加医疗队，成了我们全家人的光荣，也是咱们家乡的光荣。你也要注意身体，千万要做好防护措施，要平平安安地回来。我代表我们全家人，向武汉人民献出一点心意，这600元钱你带到武汉去，捐给有关部门，能帮上一点算一点。"大伯说。

格绒下姆想推辞，但大伯根本不许她回话。她只好接下大伯的心意，霎时泪水盈眶。

格绒下姆知道，她肩膀上担着的，不只是自己一个人的重任，还有全村人的重托。

一场疫病，没有使中国人生分，反而让大家团结得更加紧密了。

和大伯通完电话，她犹豫了一会儿，还是把自己被选中的消息告诉了丈夫。

格绒下姆的丈夫就职于阿坝州金川县司法局，距离成都市400多公里。从谈恋爱开始，两人就是异地恋，现在夫妻俩还是两地分居，聚少离多。

这个春节她返回丹巴老家后，丈夫也回来了，两人本想和家人们好好过个团圆年，没想到疫情一来，格绒下姆又很快返回成都。丈夫倒是还有假，就和她一起回到成都的家中。每天格绒下姆忙碌一天回到家里，丈夫已经做好热汤热菜，等着她一起吃，小两口在温暖的灯光下亲密相对，那一刻她感到无比幸福，也就更珍惜这难得的相聚时光。格绒下姆周六会轮休，两人计划好在家里烫一顿只属于两个人的火锅，没想到任务下来，格绒下姆马上就要出发。

接到这个电话，丈夫在预料之中，但也抑制不住地一阵惊慌和担忧。

"真的要去吗？"丈夫问。

"我是医务工作者呢，支援武汉当然义不容辞，我不害怕，我害怕的是你们担心。"格绒下姆回答。

这一夜，夫妻俩在不安、激动而又自豪的心绪中失眠了……

深夜，丈夫在微信朋友圈留言道：

"妻子从主动请战到被征召中间就两个小时，得知此消息时，我忍不住哭了，不舍、担心，但更是骄傲。连夜和妻子收拾好行李，做好随时出发的准备。愿妻子一切平安，愿疫情早日得到控制，向所有奋战在防疫第一线的医务人员致敬。"

与格绒下姆一样,彝族小伙子吉克夫格也同样为确诊病例日渐增加和前线医务人员缺乏揪着心。

三十出头的急诊科护士吉克夫格生长于凉山州美姑县觉洛乡觉洛村,这个地地道道的山里娃,靠着不懈努力,从一个国家级深度贫困县的小山村一路走向省城。他以优异的成绩从川北医学院成铁分院高职护理专业毕业后,成为华西医院规培护士。2013年,吉克夫格进入华西医院急诊科;2018年成为世界卫生组织认证的全球最高级别的非军方应急医疗救援队——国际应急医疗队(中国四川)的首批队员,还考取了航空医疗救护证。

"出征武汉,是我们医务工作者的责任担当和使命所在。"吉克夫格向科室提交了请战书,"践行医者初心、履行医学誓言、恪尽治病救人的职责。"请战书的最后,赫然写着"不计报酬,无论生死"。

为了参加这场抗击新冠病毒的防疫阻击战,吉克夫格主动放弃春节休假,坚守在急诊抢救室的工作岗位上。

"那里现在最需要的就是医务人员,我早点过去,可以更快地投入战斗。"吉克夫格说。

把牵挂和不舍化作一堂使命课

牵挂，是医务人员无法回避的情愫。

最让雷舒牵挂的，是她的女儿。

雷舒是腹部肿瘤科感控护士，夫妻两人都是"华三代"。

在医院还没有组织报名的时候，雷舒已经和家里人沟通好了，表明了她要去前线的志愿和决心。她丈夫也非常理解和赞成她的决定。

雷舒唯一需要艰难沟通的对象是自己8岁的女儿。

"宝贝，你是不是天天在关注新闻啊？是不是也看见疫情很严重呢？你是少先队员，妈妈是党员，是科室的感控护士，正是武汉需要的护士，有可能妈妈也会马上去前线，去帮助那些需要帮助的人，如果妈妈走了，你在家要好好的……"

没想到，这番试探的话一出口，女儿一下子就哭了："妈妈，那你会死吗？"

雷舒愣住了，她还来不及回答，女儿又说道："可我不想你死！"

"爷爷奶奶、爸爸妈妈每次带你出去玩，吃好的，你开心吗？"雷舒问女儿。

"非常开心。"女儿回答。

"我们的生活如此美好，是因为人人都在岗位上做自己的工作。妈妈在医院上班，是一名护士，护士就必须救人啊！你看看武汉和其他城市好多人病了，他们需要很多的医生和护士，他们需要妈妈！"雷舒说。

"那我以后也要当护士，我也要去救他们。"女儿马上回答。

雷舒听了深感欣慰。

医务人员的后代，从小就看惯了生死离别、血和眼泪。雷舒小时候是这样，没想到女儿身上也体现出难得的大气和淡定，让她百感交集。其实，她并不想看到女儿如此懂事、如此早熟，但是有什么办法呢，医务人员的后代，就得像医务人员一样淡定又大度。医务人员的职业不允许多愁善感，不允许软弱和过多的眼泪。所以，她也只能希望自己的孩子早早学会坚强。

心理卫生中心护士宫晓鸿同样牵挂着她的女儿谢辰妍。谢辰妍在彩虹小学读一年级，比雷舒的女儿小两岁。

在第一批医疗队支援武汉的时候，宫晓鸿就已报名，并为此准备着，她相信自己能够做好。

这天，她突然接到以854开头的电话，心里确认了一下——这是医院的电话。果然，电话里通知她第二天出发前往武汉。宫晓鸿的心跳突然加快，她心里明白，她的紧张、她的害怕，全是因为舍不得自己的女儿。然而，紧张和害怕，并没有让她有一丝的犹豫。

"好的,收到!明天准时到!"宫晓鸿坚决地回答道。作为一名医务工作者,内心的职责坚守让她对执行援鄂任务毫不犹豫。

"挂了电话后,心里突然有种小兴奋,像战士终于要上战场的感觉,期待那种浴血奋战!"宫晓鸿回忆说。

此时此刻,女儿早已入睡。第二天早晨,宫晓鸿才跟女儿道别。6岁的女儿可能还不太明白妈妈去武汉到底是什么意思,到底意味着什么,她只是眼睛里含着泪水,带着呜呜的哭腔跟宫晓鸿说:"妈妈,我舍不得你走,我想你早点回来……"

"会的,妈妈很快就会回来!"宫晓鸿笑着安慰女儿。

"孩子太小,还不能理解和体会妈妈的决定有多么伟大,这次就当是妈妈用自己的行动,给孩子上一堂关于'使命'的课吧!"丈夫说。在他的心中,自己的妻子是多么伟大!

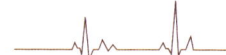

一千个医务人员家属,就有一千种支持方式。对于宫晓鸿来说,丈夫对她的支持体现在了对她的高度认同;而对于曾鹏来说,母亲对他的支持,则是少让他担心。

"儿子,别惦记我。我保证每天8点准时吃药!督促你爸把血糖控制好,保证不和你爸斗嘴!保证好好待在家里!特殊时期,妈妈不能送你。防护措施要做好,加油儿子!武汉,你病了我把儿子借给你,希望你好了后还我活蹦乱跳的儿子!"这是曾鹏母亲在微信朋友圈对他的真情告白。

看着妈妈的留言,曾鹏眼眶含着泪,但是也更加坚定了要和战友们打赢这场防疫阻击战的决心。

曾鹏是康复医学科的一名"90后"男护士,尽管参加工作的时间并不长,但有6年党龄的他，身上有着同龄人中少有的成熟与稳重。

2月6日晚，医院紧急召集130名医务人员前往湖北武汉支援，短短1个小时内就全部集结完毕。康复医学中心护理团队44人请战支援武汉，其中身为党员的曾鹏第一个报名。

他在请战书中写道："尊敬的院党委：目前新冠肺炎疫情防控形势严峻，疫情就是命令，防控就是责任。作为一名党员，也是一名医务工作者，守护健康、捍卫生命是我的天职。在疫情防控紧张时刻，我愿主动请缨，参与一线防控、危重症救治等防控救治工作，义无反顾奔赴疫情一线，听从组织召唤，随时等待命令，做出一个医务工作者应有的贡献！"

曾鹏是家中独子，因而父母非常担心他的安全，但是经过沟通以后，父母还是尊重儿子的决定，支持他前往武汉。

其实父母心里明白，他们的担心是相互的，孝顺的儿子也在一直担心着他们，于是才有了微信朋友圈的那条信息。

老吾老以及人之老,把谎言化为力量

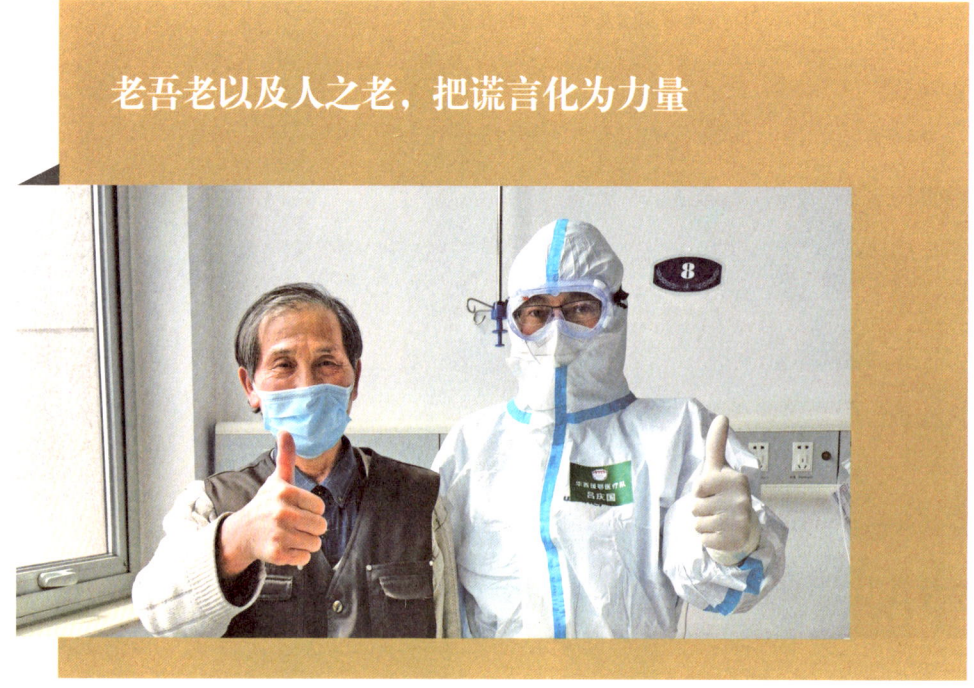

面对父母的担心和询问,急诊科护士王维迂回地应付着。

"你们不要怕啦,我去做的都是平常的工作,只是穿得严实一点。"

王维一遍遍开始了对父母的"洗脑"。

与此同时,她却悄悄地打点好了行李,悄悄地提交了请战书,做好了支援武汉的准备。

"我目前没有成家,没有小孩,身体素质过硬,如果组织上需要,可以优先考虑我,代替那些有家庭有小孩的同事前去,贡献自己的一分力量!"王维是这样给护士长发消息请战的。她觉得自己是一名共产党员,这个时候理应冲锋在前,投身到抗击新冠肺炎的最前线。

"我还是适合当护士。"王维认真地说。在这样一个特殊时期,向武汉逆行,无疑是一件极不平常的事情,但在王维看来,这些只是她的职责所在罢了。"职责"是她在采访中常提起的词。

一位同事在出征武汉前写给自己孩子的信中提到一句名言"苟利国家生死以,岂因祸福避趋之",王维说:"这也是我想对自己说的。我们最早的一批'90后'今年已经到了而立之年,应该在祖国需要我们的时候挑起担子了,这也是我们的职责。"

王维并没有打算在第一时间告诉父母自己的目的地,她打算出发后再向父母提起。

内分泌代谢科副教授吕庆国也和王维一样,对父亲绝口不提去武汉的事。不过为了不暴露真相,他圆了一个又一个"谎"。

吕庆国在日记里这样描述道:

我的父亲今年65岁,是一个传统内敛的老人,性格一向谨小慎微,家人的身体健康在他心中永远是第一位的。从小的教育让我对他的敬重大于依恋,我很爱他,可是却很少表现出来。随着年龄的增长,他的身体越来越不好,并且对我们全家人的身体健康和安全问题变得越来越敏感。比如家里人不论生病还是到外地出差,他都会一直担忧。2018年我在美国访学一年,他就担心了一年。所以我和弟弟一直在想办法不让他为我们担忧。

"在这次疫情中,虽然呼吸科、重症医学科和感染性疾病中心的医务人员是主力军,但他们也需要多学科的支持。我的专业是内分泌代谢疾病,我知道我可以,也有能力为这次疫情做点什么。"吕庆国说。

1月28日下午,吕庆国接到了去成都市公共卫生临床医疗中心支援的任务,他毫不犹豫就答应了。妻子也非常支持他的决定。

吕庆国和几名同事作为专家组成员正式进驻了该中心，主要工作就是参与新冠肺炎患者的多学科诊治。

终于能做点事情了，吕庆国非常兴奋。

因为隔离的需要，从接到通知的那天开始，他就再也没回过家，家就是微信视频里的另一端……

如何不让父亲担心，吕庆国早就和弟弟"串通"好了，骗父亲说自己租房住。

他在日记里详细地描述了这场"骗局"：

为了不让父亲担心，家人商量好，让父亲在弟弟家住。我出发的那天早上，他并不知情。可是，新冠肺炎疫情和医疗援助的信息满天飞，父亲但凡上网或者看电视新闻，很快就会知道很多信息，包括我们医院外派支援的消息，于是家人一致决定，无论如何不能让父亲看到这两天的新闻，不管采用什么办法，只要这几天新闻热度过去就行了。等我把这个工作做完了，再和他说也不迟。不知道是否是心有灵犀，父亲在当天晚上就给我打了电话，问我是不是开始上班了，他很担心我在医院的工作环境，怕我被传染。我按照白天编好的理由，和他说我刚上班，就在我们内分泌代谢科，病人也不多；不过还是因为担心医院的环境影响家人，所以我就和一个同事暂时在外面短租了房子，我还说我的专业是内分泌代谢疾病，不会去接触新冠肺炎病人的，这个理由父亲是很相信的，因为成都不是疫情中心。我估计这次工作很快就能完成，所以应该不会"骗"他很长时间，虽然有一点小内疚，也就罢了。

吕庆国没想到的是，后面还会向父亲撒一个更大、时间更长的"谎"！

随着疫情的发展，前两批援助武汉的战友需要继续支援。2月6日晚，医院发出了进一步支援武汉的通知，吕庆国迅速报了名——显然，他同样不会让父亲知道。

请战书：不计报酬，无论生死

据不完全统计，在新冠肺炎突然袭来的2020年冬春之交，华西医院有上千名医务人员主动报名"参战"，不仅有奋斗在临床一线的医务人员，也有已经退居二线的前辈们。原中西医结合科主任、84岁的李廷谦教授，原内科主任兼呼吸与危重症医学科主任、74岁的冯玉麟教授报名参加了电话远程咨询，免费为患者提供就医帮扶和指导，这种精神也鼓舞着年轻人投入战"疫"的第一线。

大年三十那天，华西医院急诊科由党员带头，238名医务人员第一时间递交请战书，申请到武汉及科室的疫情防控最前线。这支平均年龄不到32岁的年轻队伍，多少次在人民最需要的时候挺身而出，挑起重担，并圆满完成党和国家的重托。这一次，一封封请战书再次展现出华西急诊科的担当。

腹部肿瘤科及肿瘤中心约50名医务人员报名并签署疫情支援请战书。签署请战书前，科室管理小组会问3个问题：自己是否想清楚了？与爱人是否沟通好了？与父母是否沟通好了？都没问题的话才可以签字。每份请战书背后都有属于它的故事，或励志，或感人，或不留遗憾。

护士唐红坤是2019年科室先进个人，她既是医务人员，也是一位甲状腺癌术后需要长期服药的患者。这次报名，唐红坤主动且坚决，而且事先早已和家人商量好。她第一次到护士长办公室签署请战书时，护士长考虑到她情况的特殊性，没有同意。后来她第二次、第三次到护士长办公室签字，护士长仍然狠下心来，没有同意……

护士肖华的母亲于2019年12月诊断为结肠癌，并于年前做了手术，还在恢复期，后面还要进行放化疗等相关治疗，但面对来势汹汹的新冠肺炎疫情，她毅然决然舍小家、顾大家，坚持报名支援武汉。

"以后你就是我，我妈就交给你了！"肖华对丈夫说。话语虽简单，但体现的是对丈夫满满的信任和期望！和母亲简单聊聊，母亲满眼不舍，但却非常识大体："你是护士，这是你的职责！妈妈支持你，希望你救治他人的时候也注意保护自己，妈妈等你！"

不管是不是与新冠病毒关联度高的科室，绝大多数医务人员都主动提出要到武汉一线支援。看着一张张请愿书、一条条坚决上前线的请战信息，华西各级领导都激动而感佩。这是一支多么感人的队伍，这是一支多么强大的队伍！有这样的队伍，还有什么困难是克服不了的？

"在这场战'疫'的开始，武汉一线的医务人员缺口极大。如果我们医院要派人去一线支援，我一定第一个报名。"范红英从电视上得知了这样的消息后，坚定地对丈夫说。

范红英是头颈肿瘤科的一名护士，她的丈夫是一名退伍军人。

"我们当兵的时候有句口号叫'若有战,召必回,战必胜'。我支持你,如果要去一定要保护好自己!放心去吧,家里你就不用操心了,我会把女儿和爸妈照顾好的。"丈夫深明大义。

几天后,看到护士长在群里发了关于援鄂的消息,范红英庄重地写下了请战书。一想到7岁的女儿和老去的父母,她内心五味杂陈,但是作为一名党员,她应该投身到这场没有硝烟的战争的最前线去。

终于,护士长电话通知范红英作为第四批援鄂队员随时待命。范红英剪了头发,做好了一切准备。

相比于其他同事的请战,邓凯的请战中还掺杂着一种特殊的感情。

"我是在华中科技大学同济医学院读的大学(本科),是武汉这座城市带我走进了医学的殿堂,我对武汉有很深的感情。疫情发生后,我很担心,也很着急,也想为在疫情中挣扎的这座城市尽自己的力量。"邓凯说。

1984年出生的邓凯,是消化内科的副教授,当新冠肺炎疫情发生后,他便第一时间主动请缨参加发热门诊救治。在医疗队集结的前一个晚上,科室领导在工作群里通知,需要消化内科派一名副高以上的医生随队出征,邓凯几乎没有多加考虑,就在第一时间报了名。

"也没有想太多,就是想去帮帮忙,帮助我的第二故乡渡过这个难关。"邓凯说。

去到武汉之前,邓凯对武汉的情况已经有了一个大概的了解。他的大学同学、师兄弟姐妹们基本都在武汉的临床一线。通过他们,邓凯对前方物资情况、医务人员的感染情况、病人的病死率情况等,都有了一个初步的了解,对风险的认识也算充分。

家人知道邓凯报名后,出于本能地反对。

邓凯心里知道，他们其实是支持自己的，他们的反对是出于父母对儿子的爱，是出于妻子对丈夫的爱，是出于孩子对父亲的爱。

"前方还有很多人的父母妻儿命在旦夕，作为医务人员，我责无旁贷，理应上前线。在这样的大灾大疫面前，尤其是我们四川，在经历汶川地震时，大家都来支援我们，这时候我们又怎么能退缩呢？"邓凯这样告诉他年迈的父母、挚爱的妻子和疼惜的孩子。

邓凯也能够理解家人的担心和害怕。但他是一个拥有丰富临床经验的医生，背后是强大的华西团队。

"我会时刻注意保护自己，不会将自己置于危险之中，让家人经历痛苦和绝望，请家人放心。"邓凯说。

家人这才从担忧中冷静下来，之后一直非常支持他的工作。

这场战"疫"，才刚刚拉开序幕……

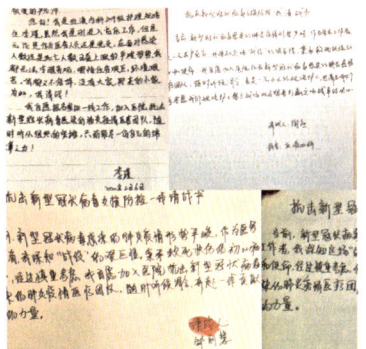
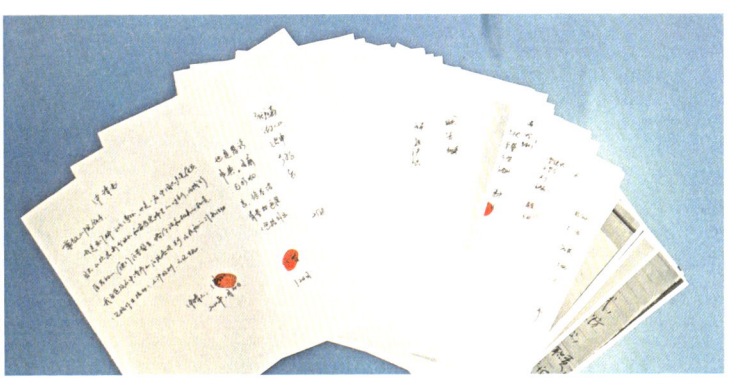

"作为一名党员,也是一名医务工作者,我愿意主动请缨,参与一线防控、重症救治等防疫救治工作,听从组织安排,随时待命……"

"为践行医者初心,履行医学誓言,恪尽治病救人的职责,我自愿报名申请参加……不计报酬,无论生死!"

一封封字迹不同却都言辞恳切的请战书,不断地投递而来。

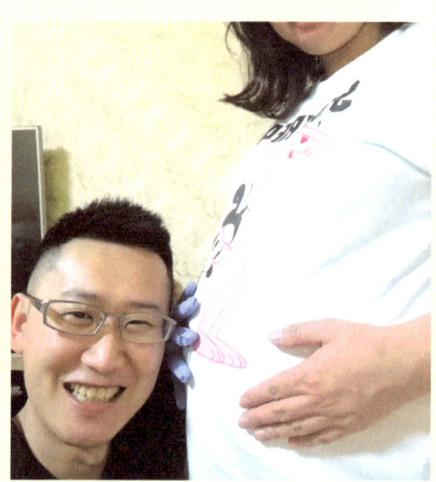

 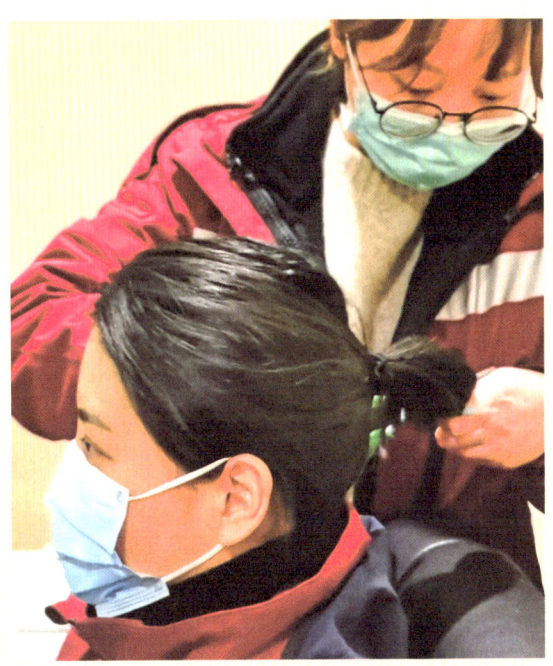

在闻令即动的青年突击队中,有两位特殊的白衣天使——来自甘孜州丹巴县的藏族姑娘格绒下姆和来自凉山州美姑县的彝族小伙吉克夫格。民族教育使他们走出大山,成为优秀的医者。带着浓情蜜意和亲人祝福,他们披甲请战,傲赴前线。

危急时刻，又见遍地英雄

在最艰难的时刻，中华民族总是万众一心、众志成城。长城内外、大江南北，全国人民心往一处想、劲往一处使，把个人冷暖、集体荣辱、国家安危融为一体。无论人们把这勇气和力量称为爱国主义或是集体主义，这都是中华民族独有的团结伟力。

华西人准备出发奔赴前线了。他们白衣为甲，一队队、一行行，在那庄严、古老、典雅的华西大门前，宣誓留影，告别师长，告别同事，转身向着武汉，逆行出征。

前方，阴云密布，充满未知：疫情会持续多久，无人知晓；医务人员会不会被感染，无法预料；一家老小在家能否平安，无从判断。冬日那来自西北的寒风，卷着铮铮誓言，萦绕不绝，激荡心怀，却无法带来武汉的讯息和未来的预言。但是，英雄已经上路，便不再回头。他们用年轻的生命，书写着光辉的名字和故事。

遥想当年抗日烽火四起，一批批巴蜀儿女为了民族命运，辞别亲人和家乡，坚定踏上保家卫国的征途，也是这样义无反顾，这样壮烈无言吧。

大难之前，川人从不负国，川人从不惧难。

川军出征

成都的冬天,潮湿而阴冷。

早上7点,距离天亮还有差不多1个小时,整个城市还笼罩在夜色之中,乔甫一个人提着行李箱,走出了家门,飞速赶往成都东站。

这天,正是1月25日,大年初一。

乔甫是医院感染管理部党支部书记、主管技师,作为国家卫生健康委员会指派的四川省第一名感染专家,也是四川逆行武汉新冠肺炎疫情最前线的第一人。成都的清晨湿冷凛冽,空气中有着乔甫熟悉的担担面、红油水饺、锅盔、油条的香味。家常的、嗅之让人安心的气味可能有一段时间不能再闻到了,他将有可能去迎接人生中最猛烈的一场暴风雨。这个春节过得那么不寻常,这在乔甫的人生中还是第一次。

临行的车站，乔甫向赶到车站为他送行的人挥手："去战斗，我们肯定要成功！我们肯定会成功！"

作为一名以理性、严苛作为职业规范的医务工作者，乔甫向来不会太感情用事。但是今天，此时此刻，在整个中国都升起一种叫作危急关头、冲锋陷阵的背景音乐的时候，他表现出了难得的感性外露。"去战斗！我们肯定要成功！"这些平常不会说出口的话，那天他自然而然脱口而出。他是第一个出川援鄂的华西专家，第一个孤身奔向生死未卜之途的人，心里的激动和慨然难以言喻。

早上8点，乔甫登上了一列从成都开往荆州的动车。车里的气氛不同平常，很多旅客都面色沉重。列车长得知乔甫的身份，知道他是去武汉援助的医疗专家，到了荆州下完所有旅客后，为了把他送到战"疫"的最前线，将动车又往前开了200多公里。

窗外飞速掠过的田野、阡陌、城市丝毫没有引起乔甫的注意。此时，偌大的车厢里只有他一位乘客。那天很巧，他穿了一身黑衣，肃穆，凝重，宛如古代的侠客，寒江孤影，英雄上路，将去拯救世界。

在去武汉之前，乔甫已从事感控工作15年，参加过2008年"5·12"抗震救灾，也是国际应急医疗队防疫组成员。他这次去主要是与武汉的感控同仁一起战斗，指导医疗机构做好消毒隔离、个人防护等各项感控措施，降低院内感染风险。

武汉，我来了，华西人来了。

就在乔甫出发的时候，他的同事们也正在重装准备出征。

华西医院第一批援鄂医疗队25名队员已经在医院行政楼集结完毕。

行政楼之于华西，是精神的象征，也是医者仁心的出发点和归宿。这座建于1942年的三层砖木结构房屋是华西医院的标志性建筑，它见证着华西医院的风风雨雨，体现着华西医院的历史积淀。

这25名队员分别来自呼吸与危重症医学科、重症医学科、感染性疾病中心、实验医学科等科室，均是志愿报名参加援鄂医疗队的。

四川大学副校长侯太平，华西医院党委书记张伟、院长李为民，以及全体在家院领导为医疗队送行。此批华西医院援鄂医疗队由内科党总支书记、呼吸与危重症医学科罗凤鸣教授带队，同时他也担任华西医院援鄂医疗队临时党支部书记，支部成员还有乔甫、尹万红、张耀之、谢莉、陆小军。1月25日中午12时许，根据国家卫生健康委员会统一部署，20名医疗队队员（剩余5名随时待命）在四川省卫生健康委员会集结，和全省100多名援鄂医务人员一起驰援武汉。

"我代表四川大学对你们表示敬意和感谢！这次任务艰巨，是一场硬仗！希望大家发挥华西医院特别能战斗的精神，圆满平安地完成这次任务！"侯太平副校长说。

"感谢你们在这个全家团圆的日子奔赴第一线，这就是华西的责任和担当。希望你们健康前去，努力救治，带去我们在大灾大难中积累的经验。凯旋时，我们又在这里见面！"李为民院长说。

"请你们一定保护好自己的安全！昨天微信群里面就在传出征名单，大家说，你们都是壮士，川大和华西是你们坚强的后盾，我们会一直支援和保护你们！"张伟书记说。

他们看着自己的医务人员，紧紧地握住他们的双手。面对这些年轻但坚毅的面庞，仿佛将军面对即将出战的士兵。这些宝贵的人，这些华西的顶梁柱，他们一个也不舍得放出去，一个也不希望有什么闪失，但是现在只能这样握着手，目光与目光交织，心灵与心灵碰撞，医生的天职使每一个人都收起了脆弱和感性。同时，他们也相信，很快，这些年轻人就会凯旋，重逢在华西楼。

举国同心 ◀

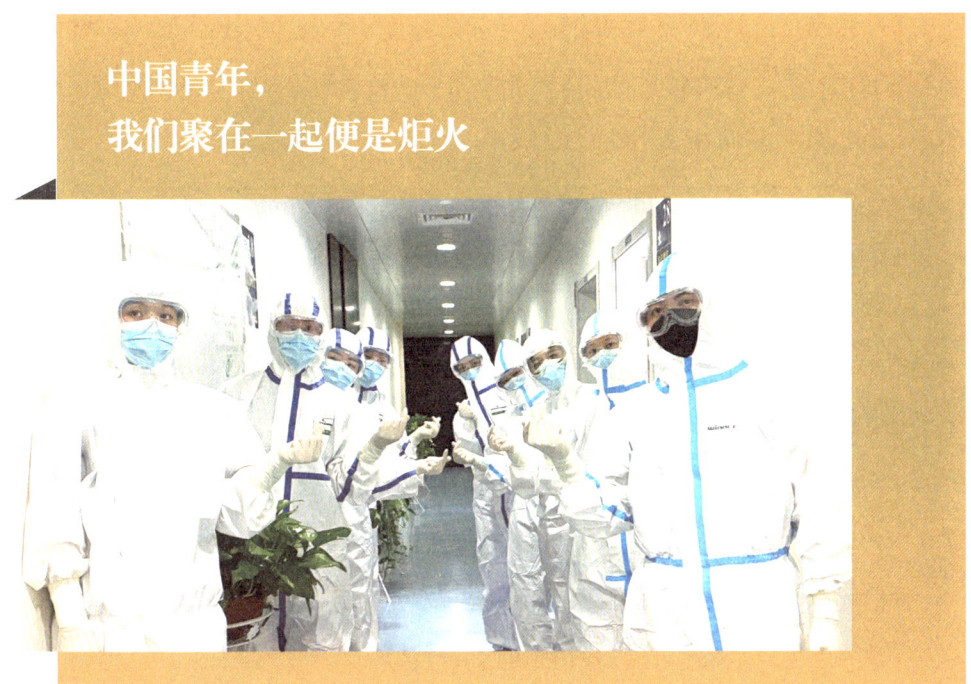

**中国青年，
我们聚在一起便是炬火**

重症医学科护士吴孝文站在20名队员中间。他留意到，在这支医疗队中像他这样的年轻人占了不小的比例。

直到此时，28岁的他才突然意识到，自己是这次战"疫"的"参战人员"了。心里很多复杂的感受涌了上来，泪水在眼眶里打转，但他坚持住没有流下来。

当真正投入行动之后，所有的感伤不复存在。特别是身边都是自己的师长、朋友甚至是学弟学妹时，集体的力量使他的情绪迅速稳定下来。前面是刀山还是火海，都已经不重要了，重要的是敢于去闯。

当天晚上，华西医院第一批援鄂医疗队抵达武汉天河国际机场。他们所支援的武汉市红十字会医院，是第二批被列为发热门诊的定点医院之一。也就是说，上级把他们安排到了火线的最前沿。

医疗队在1月29日迅速全面接管了该院住院部10个病区，承担起该院300余名患者的救治任务。该院原有的武汉医务人员早已精疲力竭，眼看着天降援兵神速到来，所有人都振奋不已。

援军来了，大家终于可以缓口气了，连日来的疲累、紧张、痛苦、压抑和委屈，都随着泪水化去。

吴孝文斗志昂扬地进入工作状态，同时也清醒地看到了形势的严峻。才到武汉的时候，整个人的状态虽是斗志旺盛，但是心里难免有些担心和焦虑，毕竟来的地方是疫情最重的地方，心中设想了很多种画面，但实际情形远比想象的严峻：医疗资源缺少，物资匮乏，医务人员极度疲惫，有的医院甚至已经面临崩溃；大街上也没有行人和车辆，整个城市安静得让人害怕。

华西医疗队的每个人心里都不免蒙上一层阴影。好在整支队伍马上有条不紊地开始工作。工作使人冷静，工作也使人振奋。

吴孝文每天下班后都要向家人报平安，但却不敢跟4岁的儿子视频通话。

"他一看见我就要哭，他一哭我就更要哭。"吴孝文说。

然而，在工作中，他却要通过释放快乐来调节工作氛围，被同事称为"重症开心果"。

他逗他们笑，逗他们开心，想方设法发挥出四川人特有的幽默。

与吴孝文一样，重症医学科护士卫新月也对出征时的情景感触颇深。

那天，卫新月登上了去机场的大巴，看到窗外送行的人，不禁有点想哭。

"我们一定会平安回家的。"卫新月在心里一遍一遍地念着这句话。

这句话似乎给她带来了好运，果然一切都很顺利——不论是候机、安检，还是登机，好像一路上都有人给他们开绿灯。飞机上很安静，这是她坐过的所有航班中最安静的一趟。

卫新月环顾四周发现，大家都闭着眼睛，但不确定睡着了没有。大家都是前一晚临时接到出发通知，应该都辗转难眠了一夜吧。

一个半小时的行程后，卫新月和战友们很快到达武汉天河机场。

"川航会在送大家的地方等着大家，接大家回家！"空乘人员在广播里这样说。卫新月的眼眶再次湿润了，她在日记里写道：

这一天，好像是可以不那么坚强理性的一天，从早上护士长给我们送行，到在科室整理物资，再到重温医学生誓词，一切都让人动容。

抵达武汉驻地的岗前培训，卫新月认真学习一线防护经验，加强防护服穿脱练习，分组学习，互相帮助，互相监督，并做好进病房的准备工作。

队伍里女孩子占了多数，长头发在穿脱防护服时非常不利，"剪头发"几乎成了那两天的"头条新闻"。

队伍里自发形成了以8512（房间号）为首的多个流动理发室。恰逢元宵节，卫新月把这一系列男女款发型命名为"元宵兄弟""寸头姐妹"。平日里好洗发水、好护发素伺候着的头发，说剪就剪，一点不含糊。

"我申请去前线了，明天就出发。"出发前一晚，卫新月告诉一位朋友。

"为什么呀？"朋友问。

对呀？为什么呀？卫新月一直没有来得及细想，直到抵达武汉几天后，她才有时间细想，并把答案写在了日记里。

我想，因为我是一个中国青年，因为中国青年都已"摆脱冷气，只是向上走，不必听自暴自弃者流的话。能做事的做事，能发声的发声，有一分热，发一分光，就令萤火一般，也可以在黑暗里发一点光，不必等候炬火"。中国青年，我们聚在一起便是炬火。

"武汉的这个农历新年第一个夜晚有些湿冷。"这是朱仕超在从机场赶往宾馆路上的感受。

朱仕超是医院感染管理部的助理研究员,从1月25日来到武汉的第一天起,就开始了他的"援武汉随笔":

晚上九点一刻,我们的川军队伍终于抵达江汉区的宾馆。窗外的城市很安静,灯火依旧通明。清冷的街道上确实没什么人,偶尔有骑着电瓶车的独行者驶过。汽车也还在行驶,明天就禁止机动车通行了。

站在窗前呼吸了一口这个城市的空气,新年的氛围确实没有,但也暂时还没有感受到网络上的恐慌。这座城市正默默承受着这场夜雨的寒冷。

朱仕超是大年三十早上接到回成都待命的通知的。

接到通知后,他立即驱车从广元返回成都。在路上,又接到可能出征武汉的通知。当天深夜,终于正式接到第二天出征武汉的通知。

朱仕超心情有些忐忑,也有些激动。作为一个感染控制专业的医务人员,自己的所学终于能在危急关头为国家和社会贡献力量,朱仕超心想,这也是一个在国旗呵护下成长起来的青年体现自我价值的最好时刻之一。

"我并不多么崇高,只是觉得做个对国家和社会有用的人,感受自己存在的意义,挺好的。"朱仕超说。

唯一有些惦念的,便是家人了。对于朱仕超来说,这是没有陪家人度过的第一个除夕夜,有些遗憾。但转念一想,有无数的白衣天使跟他一样,都在这个除夕夜值守或奋战,他只不过是其中一员罢了。

初一中午在四川省卫生健康委员会举行完出征仪式,朱仕超和战友们就前往机场登上去武汉的专机。

在临行的车上，朱仕超跟父母通了电话，跟妻女通了视频电话。2岁女儿一声清脆的"爸爸"，让朱仕超的眼泪差点没忍住。

车外的记者们立即围了上来。

"长枪短炮的阵仗，把明明很正常的氛围搞得有点悲壮。"他在那天的随笔里写道：

虽然武汉战"疫"前线的状况不太明朗，心中难免有些忐忑，但作为长期和各类院内病原体做斗争的专业人员，我们还是有足够的信心的。我们队伍工作的原则是在保证自己安全的前提下倾力而为。就算不为别人，为了家人我们也一定会保护好自己。所以，请亲人朋友们放心。

这个病毒感染并不是绝症。作为一名感染控制专业人员，我更相信，严格的科学防控定能保证我们的安全。

华西医院第一批援鄂医疗队所乘坐的飞机在飞往武汉的过程中，遇到了持续不稳定气流，时间长达10分钟。

"我们的救援工作会不会也像颠簸的飞机一样困难重重呢？"重症医学科护士蔡琳不禁有了这个想法，心里有点忐忑起来。

蔡琳接到赶赴武汉支援的通知也是在1月24日，当时她是非常平静的。她的想法很简单——这就是换个地方工作，仅此而已。她甚至连父亲都未告知。

成都的春节不能放鞭炮，但春节的问候微信就像鞭炮声一样，此起彼伏。"我的微信回复内容前面几个字不是'新年快乐'，而是'谢谢关心、我会平安回来的'。"蔡琳感到心里暖暖的。

"相信那晚对于每一位赶赴武汉的医疗队队员来说，都是一个不眠之夜吧。"蔡林回忆说。

1月25日9点，医院通知要开援前培训会。

8点15分，蔡琳就来到了她的第二个家——华西医院第一住院大楼11楼A区中心ICU（重症监护室），准备临行前的物资。

人总是在分别的时候才会觉得伤感，看着为她匆忙准备物资的同事，听到一句句关切的话语……虽然蔡琳觉得她马上就要感动到落泪了，但还是忍住了，只是潇洒地挥了挥手。

出行需要带的物资太多，重症医学科护士长田永明和科室一位大姐推着一车物资一同送蔡琳来到了医院行政楼门口。

"这种感觉就像老父亲送别即将离乡的女儿，生怕带少了东西。"蔡琳感慨万千。

支援前准备很充分，经过反复练习穿脱防护装备、参加理论培训，加上细节的沟通、调整，大家心里渐渐有谱了。开会时，整个团队氛围很融洽，大家集思广益、出谋献策，最大限度地保证了此次供应的充足和支援的安全。

将近晚上7点，蔡琳和战友们才抵达武汉，接下来就是吃饭，安顿住宿，开会，休整。

"我们是一支有纪律的队伍。"蔡琳说，"每到一个目的地都会站队、报数，一个都不能少。"这支有纪律的队伍还以很高的效率完成了卸货、搬箱子等"重任"。

1月26日下午，支援队伍来到武汉市红十字会医院，在院长介绍完医院目前大概情况后，就逐步开始了在病房与援助队伍的交接工作。1月26日晚，医疗队根据交接情况又召开了一次会议，会议核心还是保证队员的安全和物资的供应等。

看着房间里一箱接一箱的生活用品、食品，蔡琳心里是幸福的、暖暖的。她在日记里写道：

武汉是"中国四大火炉"之一,我在最热的时节没来过,却在最冷的时节因缘分来到了这里,着着实实感受到了武汉的寒冷。父亲发来了信息,他是从其他途径得知我来武汉支援的消息的,没有责备,只有支持和关心。支援期间,我每天都能收到大量的信息,有每天喊我报平安的小美,有看起来严肃其实善解人意的淼姐,有活泼爱开玩笑的萍儿姐,有作为颜值担当的燕子,有会照顾人为他人着想的贾老师,有曾经一起读书的同学,有其他科室的同事,有平常不"冒泡"的友人……(此处省略500字)有你们真好!

1月27日上午,第一小组(5人)正式进入武汉市红十字会医院16楼发热8病房支援。每位医务人员都全副武装,无法辨认身份,只能靠防护服上面用记号笔写上的医院名和姓名来辨认。他们戴着双层口罩,本就呼吸不畅,再加上护目镜和防护面屏(护目镜内面起雾,影响视野和清晰度),使普通的诊疗操作在这里变得不那么容易。但是有句话叫什么来着?对了,叫作"困难就是拿来克服的"。大家没有怨言,没有退缩,只有互帮互助,努力适应,跟进工作流程,不漏掉任何一个细节。通过一上午的熟悉和适应,我们基本知晓了工作流程。晚上是例行开会、讨论、总结……这就是我们的生活、我们的工作、我们的使命。

2月6日是华西医院第三批援鄂医疗队出发的前一天。

那天深夜,消化内科副教授邓凯正在和爱人一起打包行李,这个时候,电话突然响了。

邓凯拿起电话,原来是他们科的医疗副主任杨锦林老师。这个时候打电话难道是有什么急事?

杨老师没多说什么,直说让他赶紧下楼,有要紧事!

邓凯匆匆下了楼,看见了微弱的街灯下立在车前、在风中显得异常单薄的杨老师及其爱人。

杨老师看到邓凯，便从车上搬下来一些东西塞到他怀里。邓凯打开一看，是一箱标着韩文的KF94口罩和外科口罩，还有一些护目镜。要知道，当时全国防护物资紧缺，就连医院发热门诊都没有富余的防护物资供给。

"我不知道她是调用了多少资源，费尽了多少周折，才在这短短的两三个小时找到这些紧缺物资，甚至还不是国内生产的。"邓凯十分感动。

走的时候，杨老师对邓凯千叮咛万嘱咐，叫邓凯一定要保护好自己，说他们会每天关注前方的消息，在华西等他归队。

"背后有这么温暖给力的队友，我不怕！"邓凯说。

第二天早上，科室主任杨丽、书记吴浩以及护士长都来为他们送行。知道前线物资紧缺，大家又给他们备了一些N95口罩和防护用品，让他们随身带着，以备不时之需。

"当时，我心里有说不出的心酸和感动，作为大科室，日常防护物资消耗本来就大，这些东西在当时来说本来储备就不多，却都匀给我们带去前线了……"邓凯回忆说。

在临行去往机场的路上，邓凯收到了很多亲朋好友、同事和同学通过各种方式表达的关心和祝福。这一切的一切，他都将铭记于心。

邓凯跟随队伍到武汉大学人民医院东院区支援。毕业十余年后，他重返武汉，感慨万千。

队伍到达武汉时，已近傍晚。偌大的城市宛若空城，城区和街道冷清肃穆。这还是他印象中那个车水马龙、热情似火的武汉吗？经过长江大桥，邓凯的所见所感，是一种磅礴的凄凉和悲壮，帧帧画面催人泪下，让人恨不得立刻投身到临床一线的工作中去。这也更加坚定了邓凯要在这里利用自己的专业所长，去帮助那些遭遇病毒折磨的人们，让这座城市重新复苏起来的决心。

"武汉，你曾经给予了我优质的教育资源让我成长，现在你生病了，我要竭尽所能助你早日康复。"邓凯在心里默念着。

举国同心

> 没有从天而降的救世主，
> 只有挺身而出的凡人

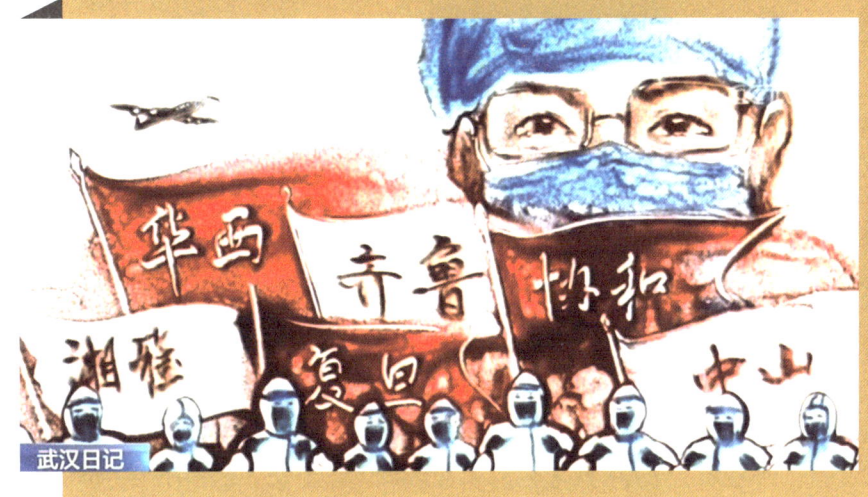

第三批援鄂医疗队抵达武汉的第二天，刚好是元宵佳节。

虽然这是和家人团圆的日子，但是对于在武汉的医务人员来说，这天和平时并没有任何区别。当全国人民都在赞美医务人员是白衣天使和英雄的时候，康复医学科护士曾鹏是这样记录的：

支援武汉大学人民医院东院区快一个星期了，最近看了新闻里铺天盖地赞美医务人员的文章，我却觉得这是我们的天职。从我们选择了医学之路的那天起，其实就已经做出了决定。很多朋友都觉得我很傻，别人躲都来不及，我却像疯了一样选择向前冲。但是，只有我知道，我要来！我必须来！不是想成为别人口中的"大英雄"，也不是想出名，而是因为人要记得感恩，要懂得知恩图报。2008

年四川汶川发生地震,给我留下了太多不可磨灭的记忆,恐慌、无助、孤独的情绪伴随了我好几个月,最终是举国之力帮助灾区重建了家园。2013年四川雅安发生地震,在最危险的地方总是能看到人民军队的身影,他们的出现给了无数人希望。经过这两次大灾后,我义无反顾地选择了学医之路,因为这样我也能帮助更多的人。

开朗阳光、充满正能量是曾鹏给同事们留下的印象,工作之余,曾鹏也经常通过微信朋友圈和大家交流。

然而,在成都后方,身体一向不好的曾妈妈突然发烧了。疫情期间发烧是非常敏感的事情,为了不让儿子担心,曾妈妈到医院检查,并且再三叮嘱科室不要告诉儿子。科室专门派出张建梅护士长作为家属一对一的联系人,提供后勤保障。曾妈妈经过医院检查后确定所幸只是普通感冒,这才让大家悬在半空的心落了下来。

口罩、护目镜、防护服不算重,但是密不透风地穿在身上七八个小时甚至更长时间那就是沉重的,再加上临床工作本来就需要一丝不苟,何况还要面对那么多新冠病人,医务人员心情该是多么的沉重。曾鹏在工作上恨不得自己有分身术,可以多为病员做点事情,让他们早日好起来。

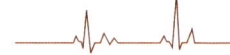

有的人很顺利就到了武汉,有的人去武汉却一波三折,还有的人差点被大家当成"逃兵",成为"争议人物"。

康焰,华西医院重症医学科主任,也是华西医院第三批援鄂医疗队队长,被队员们亲切地称为"康师傅"。

他被选中为第二批援鄂医疗队队员,这也是他自己争取得来的荣誉。眼看着一个个同事都上了前线,他于心不甘,也报名参战,终于入选为第二批援鄂医疗队队员，心中既高兴又激动。于是，忙着告别，忙着准备行装，忙着列队出发。

谁也没想到，行李托运了，登机牌办好了，突然，在机场接到上级部门打来的电话：你的任务另有安排，暂缓支援，速回医院！

康焰有些发懵，这是怎么回事？开玩笑吗？

但是，命令不能不听。也许，院里真的有其他更重要的任务呢。

气咻咻地返回，机场工作人员费了九牛二虎之力才把他的行李从机舱里挑了出来。

康焰失落极了，还夹杂着一丝愤懑："这算怎么回事呢？这出征仪式都办了，同事朋友关心的电话也打了，家里人、亲朋好友也一一告别了，所有的祝福与赞美的话都听完了，然后，气壮山河地去了机场，灰溜溜地回来了。

"康焰，你这演的哪一出？

"知道的，明白是组织命令，不知道的，还以为你康焰胆小怕事，临阵脱逃——以后这脸可丢得大了。"

回来的几天里，他也不想解释，见人就躲，除了在单位好好上班、做事外，都不好意思出门。

事后说起这件事，他说："你想想，一个医生，在这一生中遇到这么大一个事件，那么多人英勇上阵，你也跟着呐喊，然而轮到真的动刀动枪的时候，你却悄悄地溜回来了，没有参与，就像一个战士从来没有上过真正的战场，这得有多遗憾。"

好在一周之后，康焰接到通知，要担任第三批援鄂医疗队的队长。他终于踏实了——这回不会再让我半途而废了吧！

其实，他知道自己一定会再去，所以都没有拆之前打点好的行李。

那行李又重新背上，队伍再次集结。

其实"非典"的时候，康焰和同是医生的妻子就没有商量，在各自的科室报名上了一线，两人根本没想过才几岁大的孩子由谁来照顾。他的想法很直接：

"一个医生嘛,遇到重大疫情肯定要上,谈不上抛头颅洒热血,救死扶伤就是我们这个职业该做的事情。出了疫情,就该我们上。"

疫情一天比一天严重,医务人员接二连三递交了请战书,动力运行科工程师张宏伟百感交集。

出生在军工企业家庭的他,从小接受的是爱国主义教育,也从小有一种英雄情结,渴望能为自己的国家当回英雄。虽然不能去武汉战"疫"前线,但他在做好自己本职工作的同时,也报名参加了医院志愿者招募活动。作为医院后勤支持保障部门的员工,张宏伟满心希望在疫情防控战中尽自己一份绵薄之力。2月6日晚10点多,张宏伟突然接到部门领导来电:"前方用氧出现了问题,你愿意去武汉战'疫'前线吗?"

"我愿意!"张宏伟斩钉截铁地回答,没有一丝顾虑。

其实他当时也没搞明白,为什么要去前线,去前线将面临什么。但他本能地告诉自己,能奔赴前线为国家出力,正是自己一直所期待的,他必须去。

原来,医院根据前期派驻的医疗队反馈的信息发现,氧气供应不足,氧气压力低,已经成了在前线新冠肺炎救治工作中的极大制约因素。

新冠肺炎会引起呼吸衰竭,因此大多数重症患者必须吸氧,相当一部分病人还需要高流量氧气才能开展无创呼吸机等后续治疗。但由于患者数量多,用氧量也急剧增加,供需矛盾十分突出。

终端氧压不足,医疗队便搬来钢瓶应急使用,用鼻导管接到病人的面罩里去,甚至直接放到病人鼻子里面去,增加氧气供应量。这能应一时之急,但也增加了不小的工作量,还留下安全隐患——钢瓶本身较重,满瓶时瓶内压力大,需求数量大后,供货、运输、存储、转运都很麻烦,用完还需对钢瓶进行消毒,对人力要求高,易发生安全事故。

如何解决？医院决定，派出一名专业工程师支援前线。

于是，有8年医用气体专业工作经验的工程师张宏伟就成了第一人选。接到通知的当晚，张宏伟彻夜难眠，内心热血沸腾，他既想上"战场"，也放心不下家里。看着为自己整理行装、用实际行动支持自己的妻子，他既兴奋又不免有些担忧。

2月7日，他整装待发，与华西医院第三批援鄂医疗队的其他战友一起踏上了援鄂之路。这支援鄂医疗队由130人组成，是华西医院历史上规模最大的成建制医疗队，包括30名医师、99名护士，以及唯一1名后勤保障人员——医用气体工程师张宏伟。

"你害怕吗？"这是援鄂医疗队队员们常常被问到的问题。

"其实出发前，我的内心还是很忐忑的。但是想到自己不是一个人去战斗，前方的战友急需增援，就什么都不怕了。"王维回忆道。一天晚上下班时，她和同事正好碰到齐鲁医院医疗队的队员们来接班，大家相互问好，在瑟瑟冷风中合了影，互道加油保重。这样的场景，总会触动王维内心最感性的那根弦。她感动于同仇敌忾的袍泽深情。战友的支持和前线奋斗的点滴故事让她很暖心、很安心。

"说不害怕是假的，看不见摸不着的病毒就在身边。"吉克夫格坦言，"但我是医务人员，义不容辞，这个时候必须上。"

"其实已经顾不上害怕了。"吴孝文说，"当时我的病人呈现的状态，只会让你想全心投入到对他们的治疗和护理当中，你没有时间去想怕的问题。"

"刚刚，突然有点。但没事的，一切都会好起来的！"消化内科的同事们，也在为即将奔赴武汉的王瑞加油打气。

"说真的，我们还是害怕。'白衣天使''逆行英雄'，不过是美化后的'虚名'。真实的心情，还是怕得病，也怕死。"华西医院第三批援鄂医疗队

"青年突击队"成员、重症医学科主治医师基鹏坦言,"我们都是社会人,有自己的社会身份和难以割舍的亲密关系,不可能不顾及自己身边的人,因为自己的决定是'自私'的,有可能让自己和家人面对风险。被美化的是我们这些'自私'的人,不容易的是在家里担惊受怕的家人。所以,怎么可能不害怕。"

他们也是普通人,他们也害怕病毒,他们也害怕生病,但他们却因疫情而冲锋在第一线。因为他们知道,武汉的同胞需要自己的专业救助。

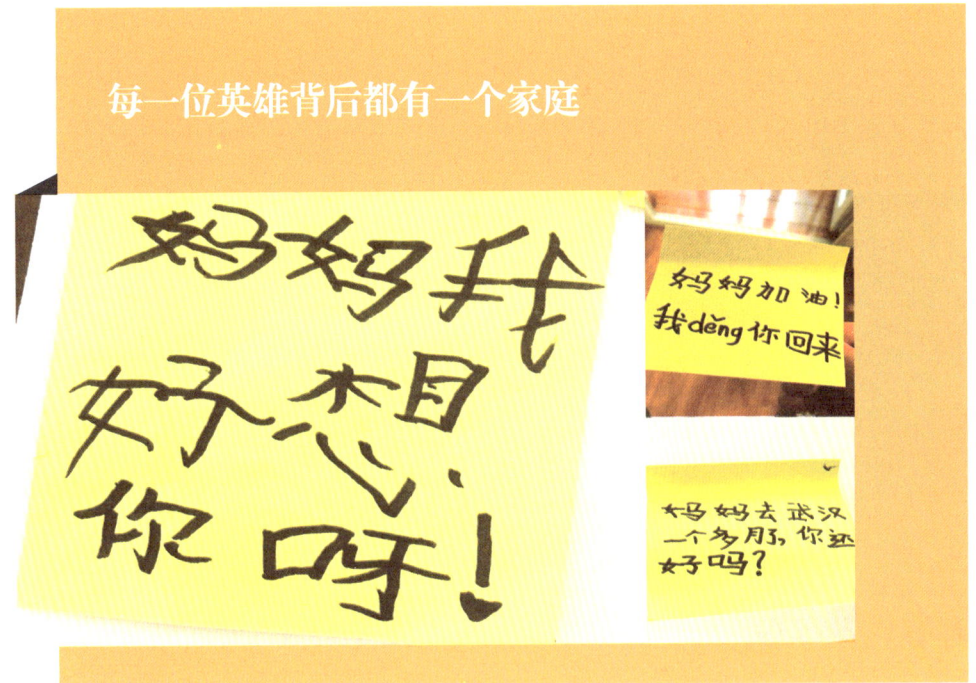

2月7日，眼科护士格绒下姆一早就来到医院参加出征前的培训，进行注射免疫球蛋白、领服装等出征前的准备。

姐妹们也在此时见到了微笑着的格绒下姆。姐妹们问她是否紧张后悔，她说道："作为华西的一分子，作为眼科的一分子，在那么多个提交请战书的人里被选中，我感到自豪。"

临行前，护士长和同事们为她送行，当登上去机场的大巴时，格绒下姆和在场的同事及亲人挥手告别。前一秒，彼此还是微笑，别过脸，却已是满脸泪水。

格绒下姆的丈夫送别妻子后在微信朋友圈留言道："很舍不得送妻子出征，虽然看不到口罩下这群战士的面容，但他们的自信与勇气让我深受感染。相信在大家的共同努力下，必能战胜此次疫情。希望妻子健健康康去，平平安安回。"

深夜，在寂静的小山里，繁星映射下，一盏酥油灯显得格外明亮。

这是格绒下姆的母亲为了孩子，在家中点的一盏祈求平安的酥油灯，母亲将自己全部的爱都寄托在了这盏燃烧的酥油灯上。按照藏族人的传统，母亲将每天为这盏灯添油，让它亮着，直至格绒下姆平安凯旋。

每个战"疫"前线战士的背后，都有一个家庭的无私奉献。女儿身处战"疫"一线，最牵挂她的是自己的母亲。

科室领导纷纷向格绒下姆发去了祝福和叮嘱：在前线一定要注意自身健康和做好安全防护工作。科室姐妹们也每天为她打气加油，为她祈祷平安。危难时期，大家更加紧密地团结在一起，相互关心，相互帮助。正是因为身后有这样充满爱的大家庭，她才能没有后顾之忧，勇赴前线。

心理卫生中心护士宫晓鸿也是2月7日奔赴武汉的。

出征的那一天，宫晓鸿提上行李，先去了科室。同事们见到她的第一眼，就号啕大哭。宫晓鸿也被感染了，跟着他们流泪。

"我觉得科室里的同事，真的就是我的家人，跟我非常非常亲的家人。"宫晓鸿说。

科室的同事一边哭一边开始检查宫晓鸿的行李箱。一群人围着她，说她缺这样少那样。

宫晓鸿莫名觉得自己在他们眼中像个不会收拾行李的孩子，又有些想笑。

同事们纷纷拿来了帮她准备的各种日用品、药品和零食，整整一箱的东西，但没有一个是有外包装的。为什么全是散装呢？他们说这样才可以多塞一些。

"感动，满满的都是感动，我爱这个大家庭！"宫晓鸿说。让她感动的，还有女儿谢辰妍。

出征武汉不久，为了给妈妈加油打气，谢辰妍在爸爸的帮助下为妈妈画了一幅画，并将自己想说还没有来得及说的心里话录制成了视频，发给远在武汉的妈妈看。

在视频的最后，谢辰妍举着画说道："我的妈妈是逆行者，加油，我为你骄傲！希望妈妈照顾好自己，我要你平安回来！"

为了减少在一线的感染风险，医疗队员们都剪短了头发。面对剪发的推子，"90后"的急诊科护士王维紧张了，她感觉长发剪短了有点可惜。她在日记里写道："剃头推子挨到皮肤那一刻，心跳有点加速。感觉自己不是个弱女子了，有点刚，像王哥。"

出发后，王维终于向父母说起了去武汉的事情。

"我老爸一直比较严厉，不太擅长表达感情，这次知道我要来武汉，突然间变得很温情。我一时间还有点不习惯，但是想起来又觉得心酸。我爸妈就是那样的人，比较含蓄。"关于父母，王维似乎有很多话想要言说，看得出来，她很开心自己来武汉的决定得到了父母的支持。

王维的父母为了不让她担心，只叮嘱她保护好自己，后来偶尔联系，也都说家里很好，让她不要挂念。

王维后来才从弟弟那里知道，在武汉的时候，父母经常睡不着觉，每天都会守着电视看新闻，关注着前线的动向。

在援鄂医疗队陆续返川的时候，王爸爸每一天都会仔细查看回来人员的名单，每一次没有找到王维的名字，都会忍不住悄悄掉眼泪。

作为家里的顶梁柱，遇到什么难事眉头都不会皱一下的王爸爸，在女儿援鄂2个月的时间里，每天都是战战兢兢，如坐针毡。

每每想到这里，王维心里都特别不是滋味，辗转难眠的2个月，一定不容易。

"但家国有难,我想爸妈会理解的。"王维说。

内分泌代谢科副教授吕庆国依旧不打算向父亲"坦白"自己的去向。他知道自己成为第三批援鄂医疗队的一员后,非常兴奋。但短暂的兴奋以后,他沉默了,因为这也意味着他将继续和家人分离,继续"欺骗"他那牵肠挂肚的父亲。

因为无法回家,吕庆国只好给爱人打电话,给了她一个要准备东西的清单,让她第二天送到隔离的酒店。

挂了电话,吕庆国的眼泪就掉下来了,因为父亲年龄大了需要照顾,孩子尚年幼,家里重担全部压在爱人肩头。在这危急时刻,吕庆国相信他们都很需要自己,他又何尝不想陪伴在他们身边呢。

"但是病人更需要我们!陪伴、愧疚、责任感围绕着我,这一夜很长,我的心情久久不能平复……"吕庆国在日记里写道。

第二天上午,爱人给吕庆国送来了衣物和其他生活用品。因为防护的原因,吕庆国没让她靠近。

大概在10米远的地方,爱人把行李放下,也没说很多话,她就一直强调做好防护、放心家里、平安归来。

吕庆国再一次泪目,几步一回头。

过了没多久,弟弟给吕庆国送来了口罩,说武汉物资短缺,让他保重身体。

还没等吕庆国开口,他就说会照顾好父亲,想尽一切办法瞒着他。

"我们的家人,更是这场战斗的无名英雄,我们战斗在前线,他们在用自己的温情给我们最大的动力。"吕庆国说。

出征武汉的名单频繁在媒体出现,眼看就要露馅了,吕庆国和弟弟想了个"损招"。

我们这次的出征,医院非常重视,也得到了社会各界的广泛关注,完整的出征队员名单也频频出现在电视、网站、微信公众号等媒体上,很多同事、朋友第一时间就看到了我的名字,纷纷表达了问候和关心,让我非常感动,但也非常担心,怕爸爸会看到。当天下午抵达武汉后,我立即给弟弟打电话,商量怎么办。最后我们想出来一个办法,把家里的网络和父亲的手机流量给断了,这样一来他不光没法上网,连电视都看不了了,等过段时间新闻热度过去了再给他恢复。

兵马未动,粮草先行。急诊科护士吉克夫格的妻子除了精神上的支持,还非常体贴地为丈夫出征武汉准备了各类物品。丰富的什锦小吃、火腿肠、豆腐干、柠檬……每份食物都被精心地装在一个个盒子里。

"亲人的支持让我工作起来更有干劲。妻子最怕我饿肚子。"吉克夫格的日记充满了温暖的亲情。他的爱人也是一名护士。他们俩是青梅竹马,除了情感融洽,在事业上更是相扶相持,彼此理解。

这次来武汉前,妻子还特地给吉克夫格一同出征的同事准备了自制辣椒酱、什锦小吃和零食,每个人都有一份。

夫妻俩挥手告别,前一秒,彼此还在微笑,转身却已是满脸泪水。临行前,吉克夫格还收到两条信息,是岳父和父亲发来的。

父亲告诫吉克夫格,只有具备自我防护意识,才能自立、自强、自信。岳父则向吉克夫格提出了三点要求:胆大心细、动作规范科学、保证睡眠质量。虽然都是提要求,但字里行间无不透露出老人对孩子出征武汉的自豪与支持。

"他们这个年纪,信息都是一笔一画慢慢写出来的,真的很感动。"吉克夫格说。

被爱,是一种幸运;爱人,是一种能力。妻子、岳父和父亲给了吉克夫格深深的爱,吉克夫格又将爱传递给身边的病人,尽己所能地为病人缓解身体的不适和情绪的忧虑。吉克夫格说，这些病人的亲人都是不能来探望他们的，所以他们会孤独、会迷茫。

"我做医疗护理，现在跟患者多说几句话，他们都很感激，估计疾病和隔离治疗给他们带来的压力太大了。他们一直在道谢，弄得我都不好意思了。"

EMT：华西青年精锐之师

自新冠疫情发生以来，华西医院的国际应急医疗队（EMT）队员就活跃在抗击疫情的多条战线上。共有25名成员参与到驰援武汉的队伍中，有4名成员驻扎在成都市公共卫生临床医疗中心，还有很多的成员留守在华西坝，奋斗在抗击新冠疫情的多条战线上！

2018年5月，由华西医院牵头筹建的国际应急医疗队（中国四川）接受并通过了世界卫生组织专家团队的评估认证，成为全球第15支世界卫生组织认证的国际应急医疗队，同时是全球唯一一支最高级别的非军方国际应急医疗队，也是中国第一支、全球第二支国际最高级别的Type 3国际应急医疗队。这支队伍是根据世界卫生组织和国家卫生健康委员会要求，由国家卫生健康委员会指导，华西医院牵头，四川大学华西第二医院、四川大学华西口腔医院、四川省疾病预防控制中心、成都市疾病预防控制中心共同参与建设的。医疗队有核心队员166人，覆盖所有临床医学专业二级学科，包括医生41人、护理人员65人、疾病防控及后勤等其他人员60人。

在2018年国际应急医疗队（中国四川）接受并通过世界卫生组织专家团队的评估认证时，有一组数据是非常亮眼的，那就是全队标准配置下占地面积约9000平方米，总装备1827件，有普通病房（含独立的妇产科病房、儿科病房、康复科病房）床位40张，重症监护室病房床位6张，隔离病房床位4张；能完成200人次/日门诊患者诊治，30台次/日小手术、15台次/日大手术，设有手术室2间，其中层流手术室1间。同时建立了强大的后勤支撑体系，水、电、氧气、消毒供应能自我保障，做到整个"帐篷医院"在无外界支撑下能够满足28天临床工作。

2020年1月24日，四川省启动突发公共卫生事件Ⅰ级应急响应。1月26日，华西医院EMT（后文中EMT也指华西医院EMT）做出快速反应，根据整体部署，启用4项国际应急医疗队帐篷，迅速完成搭建，同时完成水、电、网络的布置，于1月27日晚投入使用，以此应对发热病人的不断增加。1月28日，华西医院门诊开诊，EMT又重新梳理和调整发热病人就诊流程，把医院发热门诊的分诊和初筛全部放在帐篷区域，避免发热病人首先进入医院主体大楼，减少院感风险。同时EMT部分应急医疗设备也调往本部备用。

从1月25日起，华西医院陆续往湖北省武汉市派遣5批次总共174人的医疗队。这是华西医院历史上应对国家重大突发公共卫生事件同一事件派出的最大规模医疗队。其中25名EMT骨干队员是援鄂医疗队一个重要的组成部分，涵盖了重症医学科、传染病科、呼吸内科等科室。

援鄂医疗队出发时，还按照EMT的启动标准和程序，准备了在无外界支撑下维持14天的医疗与自我生存保障物资：一方面，在初期重症物资和设备相对短缺的情况下，将应急医疗储备的呼吸机、监护仪、床旁实验室设备及防护物资等直接投入病房，无缝接替病区患者医疗救治工作；华西医院本部也将病区所需要的大量设备物资源源不断地发往前线，有力地保障病房一线救治。另一方面，EMT为华西医院援鄂医疗队5批次174人提供个人携行装备和自我生存保障物资。

除了提供物资保障，EMT还为前线医疗队提供医疗和管理支撑。医疗队同时根据疫情和患者人群分布特点，特别配置了老年医学科、肾脏内科、心血管内科、风湿免疫科、中西医结合科及医院感染管理部等科室的医务人员。他们均参加过多次抢险救灾和紧急医学救援演练，具有丰富的一线实战经验。抵达武汉后，医疗队又按照WHO EMT（世界卫生组织国际应急医疗队）标准，分设指挥组（管理小组）、联络员、宣传员、院感小组、心理小组等，完全按照EMT的架构对医疗队队伍的运行进行管理。

"我志愿加入国际应急医疗队，成为一名光荣的国际应急医疗救援志愿者。无论艰难险阻，荆棘载途，我都将坚守信念、恪尽职守，竭尽全力挽救人的生命，保护人的健康。"

——这是他们的铮铮誓言。

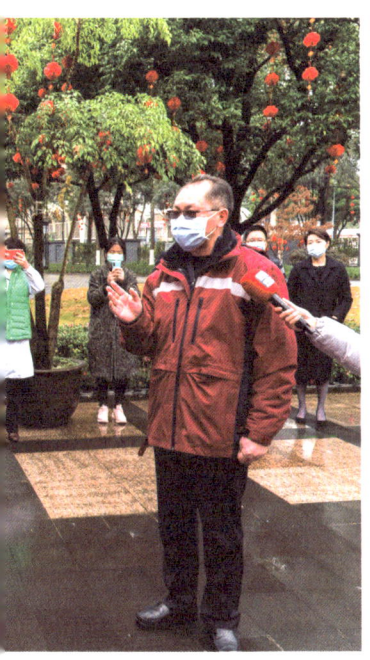

行政楼是华西医院的标志性建筑,是华西精神的象征,也是医者仁心的起点与归宿。这座建于1942年的三层砖木结构房屋,见证着华西医院的风雨沧桑,如今,又要见证一批青年才俊为国出征,书写华西历史的新篇章。一副副坚毅的面孔,一句句铿锵的誓言,展现了华西人的精神品相。

从1月25日到3月21日,朱仕超的"援武汉随笔"汇聚了近34000字。他笔下的点滴记录经过沙画师的巧手,变成了36篇"沙画日志"……

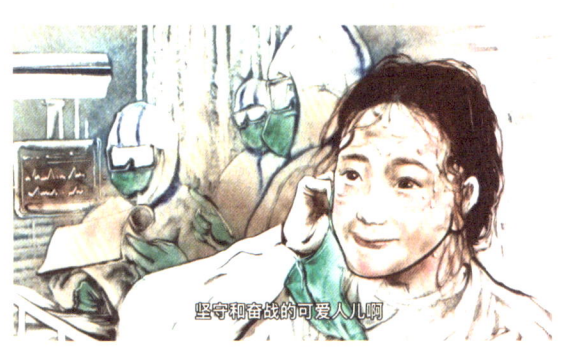

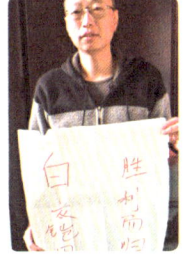

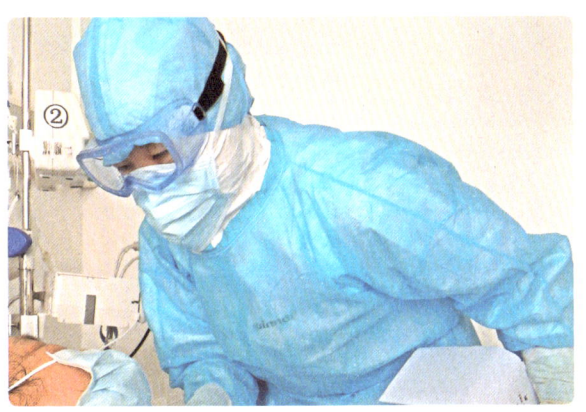

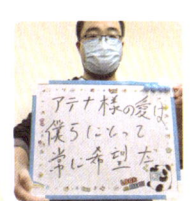

　　每个战"疫"前线战士的背后，都有一个家庭的无私奉献。披甲逆行，身处最危险的战"疫"一线，最牵挂他们的是家人。被爱，是一种幸运；爱人，是一种能力。家人给了前线的他们深沉的爱，他们又将爱传递给了患者，大爱绵延，生生不息。

舍生忘死

困难面前豁得出，关键时刻冲得上

第一批援鄂医疗队出发了，紧接着是第二批、第三批、第四批……

华西医疗队到达武汉，看到冷冷清清的街道，全然没有了原来大都市的繁华，唯有建筑上闪烁着"中国加油，武汉加油"的标语。重新让这座城市恢复生机与活力的愿望，给了大家战斗的动力与信心。

同样能给华西医疗队信心的是华西人严谨的科学态度和高超的医疗水平。来到前线后，华西战士们迅速投入与病毒的战斗中，他们以精湛的医技治愈了患者的病痛，以细致的关怀缓解了患者的焦虑，以青春的热情鼓舞了患者的斗志。在异常艰苦的环境里，他们充分发挥团队精神，守望相助，互相鼓励，面对困难豁得出，关键时刻冲得上，用专业、仁心和团结最大效率地完成了任务，同时实现了自身"零感染"。

在病房中，重重的防护服裹住了多彩的个性和年轻的面庞，汗水浸透了衣衫，模糊了防护镜，大家越发难以分辨。可脱下防护服，他们都是一个个有着自己生活和个性的普通青年，只不过多了一分责任，多了一分勇敢，多了一分坚定。

哪有什么白衣天使，不过是一群孩子，换了一身衣服，学着前辈的样子治病救人，和死神抢人罢了。

我们华西医疗队没有怂人

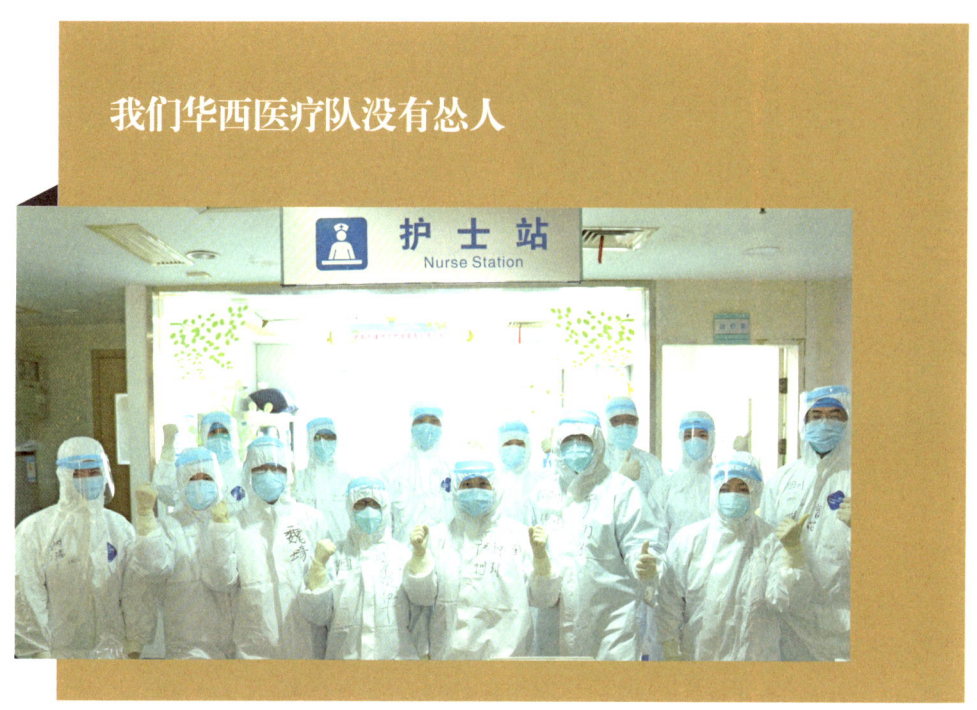

"康主任把整个队伍带得特别好,我们特别团结,也特别有信心。"在援鄂医疗队成员心中,康焰就是一位青年导师。

作为第三批援鄂医疗队队长,康焰对外代表了华西的医疗水平,对内起到了模范带头作用,尤其体现在对华西青年的引领上。

"康师傅对我们的要求特别高。康师傅就是一个很好的、期望中的全能的ICU医生的模样。"重症医学科主治医师基鹏在她的"战地笔记"中总结道。

康师傅对外多有名气我其实不太知道,毕竟自家人看自家人都是又在意又"嫌弃"的,反正他现在因为工作表现突出和救治成绩"过于"优秀,又被拉去负责整个东院区的救治督导工作(具体头衔和表述可能有偏差)。早上查房时,一向精神抖擞的康师傅被我抓住在打哈欠，也对，毕竟康师傅天天查房、天天开会、天天不知道几点睡，铁人也是有极限的。

康师傅对我们的要求就是特别高。查房的时候我们要把病人的各项数据一五一十地背出来，如药物剂量、主要指标、用药方案、近期检查结果、每天吃了多少、吃的什么、大小便情况等。康师傅说，重症病人都是"守"出来的。其实，对病人了解多少，大概才是重症病人治疗的关键吧。毕竟，每个病人的情况都不一样，如果连第一手数据都没有好好掌握，凭什么据此进行滴定调节，所以这其实也是对重症医生的基本要求。

前些天康师傅带着我做气管切开演示，他噼里啪啦地做完演示后，我这个助手连手套都没打湿。轮到我去做，就不太顺利。我的每个步骤都被他嫌弃。我切皮他说歪了，我切完他说短了，我扩皮他说浅了，我下钳子他说你没吃饭吗。我又紧张又觉得不好意思，就说你别催呀，越催我越紧张。然后，果不其然我失败了。他戴上手套把我挤开，两三下就把气切导管放进去了，做完气呼呼地给我说哪里没做对，要怎样改进，还说我是华西最差气切，主要原因就是做得太少了。等到从污染区出来，康师傅丢给我一个课件让我好好学习，还继续"补刀"："发一个20年前的课件给你好好看一下。"

重症医学科医生的成长太困难了，因为我们就是一个集各种各样的专业为一身的小综合科，对呼吸、循环、神经、感染、营养、免疫、呼吸机、ECMO（体外肺膜氧合）都要懂一点，还要具备基本过硬的各种操作技术。我想这也是为什么在武汉战"疫"前线救治重症病人的时候，ICU医生的角色如此重要，器官功能的维系是我们的看家本领。康师傅就是一个很好的、期望中的全能的ICU医生的模样。我虽然被嫌弃，却每天都在被一点点亲自教授，或者是具体的知识点，或者是思维方式，或者是治疗决策的取舍和权衡，又或者是一个不言放弃的ICU医生的坚忍、自信和担当。

基鹏2月7日到达武汉大学人民医院东院区后就迅速开展临床工作。她撰写的

"战地笔记",从一线医务人员角度客观还原抗疫现场。

"战地笔记"是较早在网络上流传的一线医务人员"口述史",给关心前线的读者带来了极强的现场感,因此引起了社会的极大关注,点击量与转载量惊人。

在2月11日的第一篇"战地笔记"中基鹏这样写道:

来到前线4天多了,期间不断收到亲朋好友的问候,温暖又感动。一直想提笔写些什么,又不知从何说起,那不如就来回答回答你们关心的问题吧。

1. **武汉情况到底如何**

其实我不是很清楚。我这两天基本都在安排工作和生活,熟悉工作环境和梳理流程,倒真还不如在家(华西医院)的时候那么关注疫情一线的情况。但我想,对于我们一线人员来说,既来之则安之,我们要做的,就是做好本职工作,做好个人防护,认认真真干活,创造机会争取多一个人活下来,仅此而已。但是我还是得说,也许我的观察并不客观,情况也许真的并不如有些消息说的那么糟糕。至少我看到住院病人的治疗在有序进行,我们把病人按照轻、中、重分级管理,今天上班时我们就看到昨天申请的呼吸机已经到位,我们每天都在群里讨论如何让工作更加高效,如何通过各种手段减小我们医务人员和患者之间的物理距离。所以,一切都没有那么糟糕。

2. **害怕吗**

说真的,我们还是害怕。"白衣天使""逆行英雄",不过是美化后的"虚名"。真实的心情,还是怕得病,也怕死。毕竟被通知出发的那天,我还拿不定主意。怕的是,我们都是社会人,有自己的社会身份和难以割舍的亲密关系。不可能不顾及自己身边的人,因为自己的决定是"自私"的,会使自己和家人被迫面对风险。所以说,被美化的是我们这些"自私"的人,不容易的是在家里担惊受怕的家人。所以,怎么可能不害怕。

我在出发前跟师弟"吵了一架"。他的小孩今年1月份才出生,可他非要报名抗疫。我说你跑来干吗，武汉缺你一个吗？你的孩子还不到100天，没有必要非要报名。他对我说，他真的想来，因为武汉需要医生，他是ICU的，派得上用场。其实真的没有那么多荡气回肠的请战和告白，唯一的理由就是，我们重症人或者我们医生把救命视为本能，但这并不意味着我们是不顾自身安危的"憨憨"。

来了以后，层层部署的院感管理让我感慨良多。如何做个人防护，如何把工作区域规划得更完善更安全，在医院如何穿衣服、洗澡、洗衣服，回宾馆如何消毒、换口罩、擦鞋底，回房间如何脱衣服、洗澡、洗衣服，甚至衣服挂在房间的哪里、怎么消毒，都有院感管理老师做培训。穿脱防护服时有院感管理老师帮忙守着，昨天脱防护服时发现没有镜子，院感管理老师今天就买来镜子准备安装。所以，保全自己才能赢得抗疫的胜利。

3. 累吗

累。身体累，心也累。毕竟我是一个做不来家务的人，个人卫生可能也就做得平平常常，柔韧性和自理能力也不怎样。现在每天要洗澡30分钟以上，洗手洗成强迫症，天天换洗衣服，并用84消毒液泡衣服，每天擦拭房间表面消毒，脸蛋也要洗个好几遍，感觉自己每天都徜徉在游泳池里面，千年万年的痂痂（四川方言：皮肤上的污垢）都要搓没了。

但是说起累，我们比武汉当地的医生差远了。毕竟我们的身份是被加持了光环的后来者，他们可是从1月底到现在持续工作着的。第一次夜班时，我跟一起上班的丁医生闲聊了几句。他个子不高，话不多，双眼布满血丝。他说自己是广西人，毕业于武汉大学，已连续上班22天，3天一个夜班，下夜班就自我隔离。我不禁在想，在全医疗系统不分专业全院动员尽全力收治所有患者的情况下，能做的他们可能真的都做了，不能做的他们可能也在想办法做了吧。来武汉前我读了关于流感暴发时ICU应当做哪些准备的文献。文中说，下一次流感暴发将不可避免，问题只是什么时候发生。文中也说，没有任何一个系统有足够的能力应对流感暴发。因为，它不同于自然灾害，它不是来了就很快走了的单次破坏，它是持续的绵延不断的冲击，它对物资、人员等各方面的消耗是持续且不知尽头的。

在前线认真工作的每一个人，都值得被尊重。

不管是在一线还是在后方，都要保护好自己不受病毒侵袭。请相信我们的国家，也请相信这些勤勤恳恳做事的人，给彼此多一点的宽容和信任，可能一切都没有那么糟糕。

下午又看到丁医生，他今天夜休来医院交资料。他对我说，53床怎么样了？所以你看，这就是这个岗位的人的本心呀，每个人都差不多。就算结果和过程都未见得尽如人意，可是有很多很多人的真心，你看到了吗？

4. 抑郁吗

完全不。这个是真心实意的。其实还挺开心，至少目前是。一来可以在被需要的岗位上发挥自己的能量；二来在这里的人要叫战友而非同事了，大家每天在群里"叽叽喳喳"，保持1米距离排队坐电梯，"吵吵闹闹"定流程，穿脱防护服时互相帮助，队友间的距离被显著淡化，拍照片，做视频，给队友剪头发（正式进驻医院之前），在防护服上写上加油鼓励的文字……这些珍贵的时刻，不管将来何时回想起，都会是难得又美好的回忆吧。

5. 护士才是最值得钦佩和爱护的人

一直以来，医生似乎是比护士更有知识、权威和分量的职业。因此，新闻报道里更常见的是对医生的报道。可是你知道吗？这次在一线，最值得钦佩和爱护的医疗岗位，必须是护士。我当然没有妄自菲薄，可是我们医生查看完病人，做完操作，可以在隔离区以外处理医嘱、记录病程，但护士要24小时不间断地待在病房照顾患者。纵使要轮班，但是因为设置了隔离病房，且各种岗位都在急剧缩减，所以护士不得不身兼数职，处理各种工作：分发热水、发饭、打针、输液、做床旁心电图、做血气分析、测生命体征……所有你想得到想不到的病人需要的事情，我们的护士都在做。

每个人都是爸爸妈妈的孩子，将心比心，这些默默无闻处理医生医嘱、实践医生想法、观察病人病情，却要冒可能比医生更高被感染风险的每一位护士，都值得我们尊重和关爱，值得我们记住他们的名字，值得我们想办法优化流程保护他们，值得我们开发硬件和软件减轻他们的工作压力和负担，值得医院给他们增加薪水，值得提高社会地位、被全社会善待和尊重。

在"战地笔记"里，基鹏没有任何豪言壮语，却道出了医生心中那份对患者的责任心和对职业的热爱，也用实际行动默默践行着"一切以患者为中心"的神圣诺言。

在第二篇中，她讲述了这样一个故事：

9天前，爷爷病情突然加重，康师傅跟我一起进病房抢救。一进门，康师傅立即接替护士老师为爷爷托起下颌，捏呼吸囊保证爷爷仍然有充足的氧气供应，与此同时嘱托护士老师迅速准备气管插管需要的物资和药品。麻醉医师"小胖"几分钟后抵达战场，给药、插管一气呵成。插管完成后"小胖"依然没有离开，帮助我们一同稳定爷爷的呼吸和循环功能，保证氧饱和度和血压都达标。通常的理解里，气管插管是高风险操作，因为开放气道可能产生气溶胶，增加传染风险。事后通过微信聊天才知道，"小胖"居然是四川大学华西临床医学院2015年毕业的研究生，毕业后来这家医院工作，新冠疫情发生后"小胖"和师弟一同负责全院白天时间的所有气管插管。我问"小胖"，为什么你们医院选你啊，你那天插完管怎么不走呢？他说："我想的是，既然要做就要做好，我怕一个细节做不好就会导致大问题，这件事总得有人做，谁做都一样。"

8天前，楼下病房里名字很诗意的叔叔呼吸功能衰竭，请求紧急救治。康师傅派出我们团队3员大将帮助抢救，待叔叔呼吸功能稍稳定后转运至我们病房继续救治。事实上，这样的病人转运风险极高，能不能转、用哪种方式转甚至走哪条路转，都是不能回避的问题。但是这位叔叔病情严重，如果瞻前顾后，抢救的黄金时间可能就错过了。最终，优秀的师兄小分队把叔叔安然无恙地带回，且在6天以后成功撤离了呼吸机。且不说期间治疗的辗转和团队在床旁的守护，单是在疫情中能够维持自信，坚持救人的初心，有勇有谋有担当，跟这样一群优秀的人共事，我每每想起来就觉得自豪。

5天前跟"队宝"老徐"吵架"了。起因是观点不同，我俩对婆婆的病理、生理和可能的救治手段产生了分歧。因为在意，因为害怕行差踏错，所以就是要据理力争。其实这种情况在日常工作中比比皆是，与其说是"吵架"，不如说是激烈的"学术讨论"。人体由细胞、组织、器官、系统组成，系统之间有着千丝万缕的联系，而且越是危重的病人往往很多个脏器的功能都不正常，所以在治疗方向上就会存在很大矛盾。于是争论开始了，我们为了多给500ml液体还是少给500ml液体"吵吵闹闹"，为了是不是肺栓塞"吵吵闹闹"，为了呼吸机用什么模式"吵吵闹闹"，甚至为了每天给多少克蛋白、用什么抗生素"吵吵闹闹"。这个很正常，因为每个人有自己独特的培训经历和知识库，擅长的领域不同，自然关注的东西和看问题的角度也有所区别。

在争论的过程中，你可能发现自己长期以来固有的认知是错误的；你可能发现居然有个奇怪的人会从这个角度思考问题，并且好像他是对的；你可能发现你以为你懂的东西其实你根本就不懂，还需要看更多的文献和书本来搞透彻；你也可能发现原来还可以用另外的方式和思路解决问题。比如张凌老师说，清除CO_2（二氧化碳）可以试试把膜肺连接在CRRT（连续性肾脏替代治疗）管路上，虽然在加拿大见过但是早已忘记这个技术的我听到他提起时不禁想大叫"你怎么这么棒"；比如老徐告诉我心脏收缩功能正常时舒张功能不全到底应该如何纠正；比如护士老师说你们这种营养液的医嘱方式不可取，因为容易造成混淆，产生错误；比如对于今天下午讨论的病例，神经内科专科医生竟然能够从一张片子上大致判断出脑梗死发生的时间和原因，让我这个神经系统知识极度薄弱的"小白"

接受了一次全方位的科普。

基鹏所说的"队宝"老徐是心脏内科副教授徐原宁。

2月10日,徐原宁和他的同事正式负责武汉大学人民医院东院区的2个病区。

这里只有危重症患者。徐原宁他们的任务并不只是与病毒作战,更是与死神作战,他们要将病人从死亡边缘拉回来。

早上7点左右,天还没亮,大部分人还在睡梦中时,徐原宁的微信,却是最热闹的时候。

"我们每天都要在群里讨论收治的危重症病人的情况。"徐原宁解释说。专业过硬、责任心强、"啰唆"、执着是徐原宁留给基鹏的印象。基鹏在"战地笔记"里是这么描写徐原宁的:

很难形容他是一个什么样的人,较真、执着、满腹经纶。

多次在"战地笔记"里提到他,实则是因为喜爱和敬佩,因为他让我看到一个好医生闪闪发光的样子。

他专业过硬,责任心强,一提到心脏和循环就侃侃而谈,且逻辑严密,证据充分,一开口就往往自带三分权威的光环。有一次老徐去某科会诊,会诊意见写了一大篇,条条针针见血,等于帮别人查了一遍房。所以,专业的人,做专业的事,说专业的话,这样的人走到哪里都会是权威。

除此以外他还"啰唆"。每次线上MDT(多学科综合治疗)讨论他都要参加,不管是"自家的病人"还是"人家的病人",他都积极发言,下夜班手机一直开机,看到一张病人的血气分析或者心电监护数据就"噼里啪啦"发表意见。我知道,他的心,一直都在病房的他们身上。这样的老徐,让人安心。

再者,他很执着甚至偏执(不知道会不会被"打")。他的专业领域是成人心脏,我的专业领域是小儿心脏,因此治疗意见有时难免相左。但是,很多时候，迎合往往比挑战来得轻松，每个人都说打开胸怀欢迎改变，但是最难的就是他们发现自己需要改变。所以，表达不同观点，提醒对方你可能错了，你可能需要改变，是永远令人头疼的命题。这也是我喜欢他的原因，永远有新鲜感，永远有思考，永远坚守医学的初心和自己的初心。试问，医学难道不就是在争论和怀疑中进步的学科吗？

所以，老徐，欢迎继续"吵架"和"摔文献"。

这是多么可爱的"队宝"啊！

这天，当得知有危重症患者好转，有望脱离危险的消息，徐原宁用力攥了攥拳头，振奋地说："脱险有望！"

这是一位80多岁的高龄患者，由于年龄大，加上伴有多种严重的基础性疾病，入院后，一直徘徊在死亡边缘。面对危局，徐原宁和他的同事时刻守候不放弃，不断根据病情变化调整治疗方案。经过一周多努力，他们终于见到曙光。

在徐原宁负责的病区曾发生过动人一幕——2月14日情人节当天，一位年过八旬的老爷爷在护士的搀扶下，颤巍巍地走到妻子的病床前，认认真真地对老伴说："你要好好的，要听医生的话。"

这位躺在病床上的婆婆，曾是病区里最危重的病人。"我们入场时，她就住在这里了，当时普通的吸氧已经不能维持她的呼吸了，情况很紧急。"徐原宁说，这位婆婆年纪太大，自身抵抗力不足，病情波动很大。团队一直密切关注她的情况，保证氧气供应，持续补充营养，加强心理安抚，并随时做好插管的准备。

经过团队1周多的努力，婆婆各项指标有向好的趋势。徐原宁说："目前新冠肺炎救治没有特效药，可以说每一位危重症患者的救治都是一场拉锯战，我们一刻都不能放松。"

3月3日，徐原宁在微信朋友圈做了一个详细的"思想汇报"，记录了他在战

"疫"前线的工作现状与生活情况。

"武汉已经封城30余天了，但这座城市依然在正常地运转。每天我们接触到很多武汉人，有驻地的联络员、公交车司机、酒店的保安、打扫卫生的阿姨等，从他们身上，都能看到武汉人的坚忍和不屈。"虽然在武汉的时间很短，生活中的很多细节却已让徐原宁终生难忘。例如，情人节当天，公交车司机吴师傅给他送上了祝福；每天回到酒店后帮他们测量体温的保安大哥，量完后总会说一句"您辛苦了"；二楼餐厅发餐的小姑娘总会说"我们应该的"。

"口罩遮住的是口鼻，挡住的是病毒，掩不住的是发自内心的微笑。武汉封闭的是病毒传播，封不住的是我们对武汉的关心和帮助。"徐原宁这样写道。

医疗队的感控小组老师在医院院感管理老师的指导下，结合酒店、房间和工作环境，制定了非常详细的感控条目。所住酒店的电梯被分为工作装电梯和便装电梯，房间内按要求合理规划了污染区、半污染区和清洁区，甚至连洗澡的时间都有严格要求。

在进医院前，医疗队的每个人都反复练习了穿脱防护服。每一个医务人员都不会少一样防护装备，从里到外我们要穿戴很多层，包括外科洗手衣、一次性帽子、N95口罩、防护眼镜、第一层鞋套、防护服、第一层手套、隔离衣、第二层鞋套和第二层手套，特殊情况还要加面罩。而在进科室后，感控老师在缓冲区内详细列出了穿脱防护服的每一个步骤，只要严格按照步骤，对照镜子，我们可以最大限度降低感染风险。前几天医院还配送了胸腺素，让我们每周进行2次皮下注射，自己给自己打。

徐原宁和他的同事就这样做好个人防护。"医务人员安全了，才能救治更多的患者。"

"这可能是最神秘的部分，下面我来揭秘——我们被安排接管武汉大学人民医院东院区的23和24病区。这2个病区分别在5号楼的14楼和15楼，全部收治重症患者。说得这么详细你也进不来，进出全靠出入证和'颜值'。每个病区里，3个医生一组，8小时一轮换，护士4小时一轮换，大家共同携手完成医疗和护理工作。"徐原宁幽默地写道。

由于与徐原宁搭班的三人医疗小组战友的姓的首字母都是"X"，因此，他们给自己取名为"X3组合"。"我个人非常赞同这个类似急诊科的工作模式。在医生相对有限的前提下，8小时的工作强度和夜班的负荷大家都还可以胜任，又有充分的休息时间恢复体力和精力。我们接手23病区后，一周时间内已有40多例患者由重症转为轻症，经指挥组协调转移至其他医疗机构继续治疗。"

在这场战"疫"中，我们医疗队没有怂人，没有傻子。我们被武汉和华西照顾得很好。大家有热血、有动力、有靠山、有方向、有能力、有希望。我相信这段经历会让每一个经历它的人都终生难忘，每一个人都在为这场战役贡献力量，虽然你不一定在前线。湖北仍须努力，同志还须加油，武汉坚持！

3月10日，徐原宁在武汉度过了一个特殊的生日。护士谢泽荣在当天的日记里写道：

心理卫生中心的李娜老师要请大家吃生日蛋糕，我立马凑过来，组织大家一起给李老师唱生日歌送祝福。歌声刚结束，心内科的徐原宁老师也来了，提了一个未开封的蛋糕，让我们都尝尝。原来他也过生日，真是好事成双。我们立刻给徐老师唱生日歌送祝福。徐老师笑得眼睛都眯成一条缝了，开心地接受各位美女老师的祝福。

在抗疫一线过个特别的生日，两位老师都好开心。有时候就是这样，幸福犹如春日赤脚踏青，恰似夏日的清风、秋日的私语、冬日的炉火，就是这般温暖而甜蜜。

不知道为啥,我觉得今天的生日蛋糕特别好吃。我们华西援鄂医疗队在武汉就是一个温暖的大家庭,大家一起并肩作战,生活上互相照顾,有滋有味。

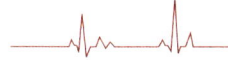

这种华西精神不只是体现在医务人员身上,也体现在了每一个华西人身上。

基建运行部动力运行科工程师张宏伟到达武汉的第二天,就立刻赶到对口支援的武汉大学人民医院东院区,了解用氧问题和液氧站具体情况。医疗队正式接管病房后,他又前往隔离病房了解相关设备及实际用氧情况。

"我发现氧气压力太低,连无创呼吸机都带不动,这给重症患者的抢救治疗增加了困难。"张宏伟回忆道。

制氧机当时也没法使用,面临着安装空间不足、用电负荷高、噪音大、原料气被污染、产氧量和氧气质量无法满足需求等一系列问题。

"在当时的情况下,解决医院的中心供氧问题迫在眉睫。"张宏伟说。在实地走访并与医院工作人员沟通后,张宏伟分析计算出了氧气不够的两大原因:一是原液氧气化器无法满足现有用氧需求,气化能力不足;二是新冠肺炎患者特殊供氧的病房过于集中,大流量用氧后,供氧管道管径偏小。

"要从根本上解决氧气问题,持续保障氧气充足的供应,就需要对医院的中心供氧进行大改造。"张宏伟提出的这一方案,得到了武汉大学人民医院东院区的认可和支持。

但改造要涉及各种设备设施的准备,要在污染区作业,需几天时间才能完成。在此期间,张宏伟建议临时采用40升的瓶氧,加上从华西医院紧急带来的10套钢瓶减压阀带气体终端插座,临时保障接管病区氧气的供应。

2月15日,在大家的共同努力下,中心供氧改造完成,在原有2台150立方米每小时的气化器的基础上增加了2台400立方米每小时的气化器。同时,他们通过查阅图纸开通了每层病区的备用管道,对管道中的部分节流元件进行处理,提高液氧站的医用氧输出压力,从而提高了病房内氧气终端的流量和压力。

经过3天的运行,病房内呼吸机、高流量呼吸湿化治疗仪等设备用氧正常,整个东院区的供氧问题总算是基本解决了。

供氧问题解决后,他也没闲着,接下来,参与调试MDT设备、规划安装缓冲区的视频监控、绘制消防疏散图纸、协助护士录数据……病区里,哪里有需要,哪里就有他的身影。

他说:"医生和护士比我辛苦多了,我能多做一点是一点。"甚至连椅子坏了,他也立马抓起来就修理。"我是工程师嘛,动手能力本来就强。"

舍生忘死

一群与死神抢命的人

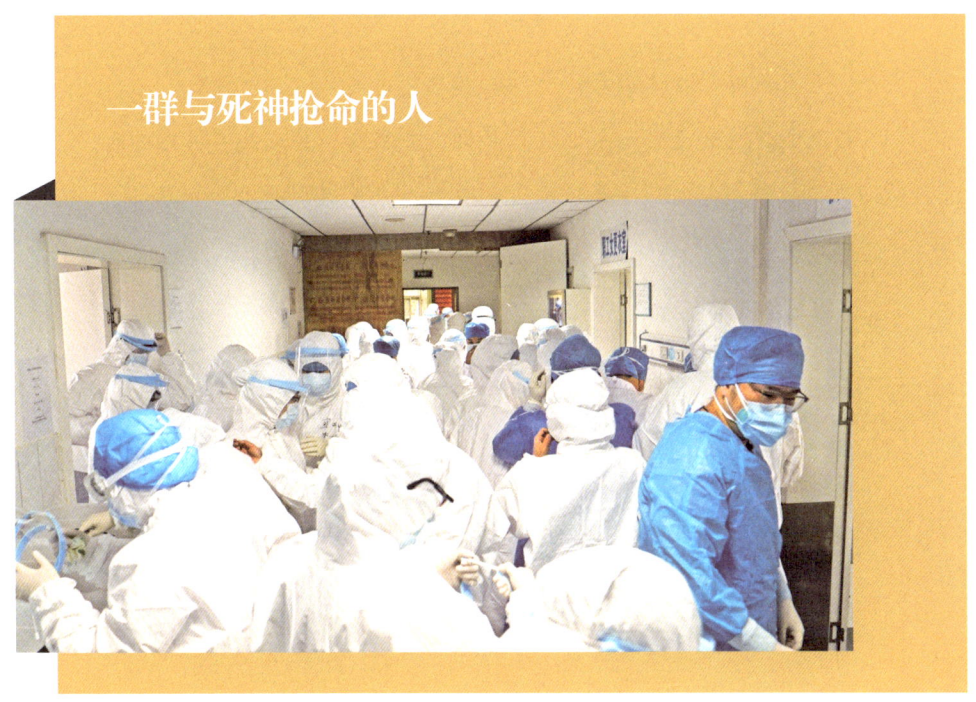

在武汉，重症医学在抗击疫情中发挥了巨大的作用。基鹏也用大量篇幅记录了第三批援鄂医疗队重症救治小组和他们的故事。生动的人物形象跃然纸上。

妈妈岳老师（岳冀蓉主任医师）

如果说康师傅是严厉的爸爸，岳老师就像慈爱的妈妈，随时随地都是温柔和轻言细语的。因为她耐心、善于安抚、善于陪伴和倾听，所以她是病人最喜欢的医生之一。她曾说自己从小就有一个英雄梦想，这句话有点戳到我心里了，原来英雄也有各种各样的模样。这位生活无忧、让人如沐春风的医生、母亲、妻子，逆行来前线发光发热，是除了康师傅以外带我们看病人最多的老师。今天跟岳老师聊天，我随口提到一位已经出院的病人的名字，她马上脱口而出病人当时的主要病情、长相、性格和情绪。我发现岳老师是少有的不称呼病人床号,而是称呼病人名字,并且能够记住他们每一个人特质的老师。

我不好说这是性格使然还是记忆力超群,但我想,她一定是用了真心。只有仔仔细细记住了病人他们每一个"人",而不是疾病名、参数或者检查结果,才有可能做到这样吧。

我决定在我自己以后的从业生涯中,从学习称呼病人的名字开始。

CRRT"小王子"张凌老师

之所以叫他"小王子",大概是因为他和老徐之间对比过于鲜明,想象一下圆墩墩酷似一休哥的光头老徐的对立面,大概就是温文尔雅的张凌老师了。

有时候我觉得,张凌老师的胸怀大概像他的专业领域CRRT一样,也不知道是技术影响了人的选择,还是人的气质影响了技术。在这次新冠肺炎的救治中,肾内科CRRT专业方向的张老师被康师傅安排一同参与重症病人的管理。值夜班、写病历、做操作,对于这些他这个年资的医生平时可能都不用亲自处理的事情,他从未抱怨,他也从未比我们多休息一天。

"小王子"在这次新冠肺炎救治中,开创性地在东院区(我不确定是在武汉还是全国)实施了体外二氧化碳清除技术,整个东院区的这项技术操作都是他一个人在做。低调的"小王子"没有过多宣传自己,除了发一条微信朋友圈对成功开展这项技术表示开心以外,再也没有过多的言语。旁人不知道是他一个人在默默无闻摸索和开展这项技术;不知道他在休息时间去支援其他病区,不言付出,不计报酬;不知道他为了开展这项技术在私下阅读文献和钻研以及独自首次试验中承受了多大的压力。"小王子"身上呈现出独有的特质,"最重要的东西是眼睛看不到的"。

可是"小王子"啊,这些我们都看到了呢!

ECMO爸爸赖大叔（赖巍主治医师）

在华西医院谈到ECMO，赖大叔的大名可谓无人不知无人不晓，说他是华西医院ECMO的爸爸，主要是调侃，但更重要的是因为他在这个领域是开创者，且具有不可替代性。

为什么有那么多生命支持的手段，偏偏对于ECMO这项技术，大众普遍觉得特别玄幻和了不得呢？那是因为，ECMO近似于现代医学领域对禁区的跨越，当心脏和肺这两个最重要的人类脏器全面衰竭的时候，ECMO能够替代这两个脏器的部分功能，是危重症患者可能存活下来的最后一丝希望。它的特点是：经治患者最危重，耗费资源最多，病理生理最复杂，管理最困难，预后最不确定。所以，能够从事ECMO管理的医生，一定是知识丰富、有胆识有谋略、有担当有自信的"狠"角色，也必然是医生中的佼佼者。

昨天一位老师问赖大叔，全国有多少家医院会做ECMO治疗。大叔说，很多。我马上接话，不，并不多。在我看来可能很少，因为"能做"跟"会做"是两个截然不同的概念。我们对医学技术的使用，绝不仅限于使这个治疗手段得以开展，最终目的是让患者能够获益于技术并最终脱离技术，康复出院。这大概是华西ECMO治疗一直不"完美"、一直在努力的原因。

在前线，赖大叔做ECMO治疗其实压力很大，因为目前我们这个团队能够独立实施ECMO治疗所有操作和管理的医生仅他一人。因此，24小时内连续安置两台ECMO，陪同ECMO病人外出做检查，撤离ECMO，在病人病情急剧变化的时候滴定和调整ECMO，甚至不在病房的时候关心ECMO的参数变化，随时待命，也成了他的使命。我们经常开玩笑，赖大叔的班"有毒"，只要他休息，ECMO就要上机、撤机、做检查或者发生故障。但其实我们知道，最难的技术往往掌握在少数人手里，所以他特别忙碌和重要。前些天ECMO护士强强给我说，他们在武汉第一次穿着防护服送ECMO病人做检查时，要做很多前期的准备工作，路途艰辛，还要承受巨大的心理压力。当时需要一个人留在CT室里面全程陪同病人完成扫描，确保患者在这个过程中各项参数指标正常，确认ECMO工作良好、管路不打折。即使在防护服外面再套一层铅衣，但近距离接触射线实在不算是一件美好的事情。赖大叔立马对强强说，我留在里面，你们都出去。强强说，要不然还是我留在里面。大叔严词拒绝："你们是我带出来的人，我要一个不落地好好带你们回去。"

大叔在前线接近2个月的时间里共瘦了8斤。

开心果薄姐姐（薄虹主治医师）

在我们重症小组能同时把康师傅气到"吐血"和笑得飙泪的必须且只能是薄姐姐，有她在的地方永远不乏欢声笑语。

薄姐姐不止一次在晨交班的时候说护士老师辛苦。重症病人特别集中的那段时间，常常是两台ECMO、两台CRRT一起运转。护士穿着隔离服在病房里忙到脚不沾地，洗手衣湿了一轮又一轮，护目镜上的雾气凝结成水珠滚落了一遍又一遍。ECMO护士要同时管理ECMO机器和CRRT机器，他们中有人最多的一周上了50多个小时的班，有人最累的那天，下班出来手上手套松紧套住的地方长了一圈水泡。

虽然我们都知道护士老师辛苦，对他们又心疼又敬重，可总觉得真正能帮到他们的时候并不多。这个时候还是薄姐姐，主动进隔离区管理CRRT机器，帮CRRT机器换废液袋，给病人喂饭、喂牛奶，做力所能及的事情，分担护士老师的工作。听说，时间最长的一天她在隔离区待了4个小时，专门帮助护士老师。

人类善意的本真，可能源自对外界的发现、感受和怜悯。我看到了你的不容易，我体谅你的不容易，我身体力行跟你一起走过不容易，这大概是华西医疗战队近2个月风雨共度的最美写照吧。

靠谱雪姐（白雪主治医师）

来武汉之前，虽然我跟雪姐在一个科室工作，但是我们并不算熟。传说中的雪姐，工作特别特别认真，办事特别特别靠谱（此处可以用许多个特别，特别的N次方），如果说她是华西ICU第二认真的人，大概没人敢认第一。

护士长说，雪姐在担任小儿ICU轮转医疗组组长助理期间，密密麻麻写完了许多笔记本。雪姐所在的医疗组组长绝不担心病历质量，因为雪姐绝对能修改得工工整整的。来武汉前我随口说了一句，请雪姐教我整理病历，几天后，雪姐便给了我一个Word文档，用3250个字历数病历管理的细节。我对她的敬佩之情犹如滔滔江水连绵不绝。

在武汉，雪姐是大家公认的最认真的医生。每天早上来到病房，我们免不了一边闲聊一边吃早饭，雪姐却安安静静地坐在电脑面前开始回顾和核对自己病人的各项数据。也是她，在下班前会提前整理好自己所管病人第二天的晨交班记录，将病人数天以来的病情变化标注得清清楚楚，并在需要值班医生关注和补充夜间数据的地方用颜色和符号做出标记。还是她，值夜班时几乎不睡觉。我们都说，最喜欢接雪姐管的病人，永远放心，永远安心。

昨天，张凌老师过生日，雪姐默默在网上订了蛋糕。大家一起吃蛋糕，唱生日歌，点蜡烛，许愿，合影留念。不少老师说，这个蛋糕真好吃，快2个月没吃过了。雪姐笑呵呵的，并不声张是自己出钱出力。

人小鬼大的敏敏师弟（何敏主治医师）

在我心中，敏敏是华西年轻一代8年制学子中的佼佼者。他的"佼佼"，不单单是用聪明就能够形容的，在他身上能看到积极向上不服输的"90后"的朝气蓬勃。

他在我们重症救治小组中年龄最小却学历最高，29岁已经是博士，是一名主治医师。而且事实证明年龄跟婚姻状态实在没有太大关系，从小学六年级就开始谈恋爱的"机智敏",家庭美满,女儿小荷叶刚刚出生。

在最早的"战地笔记"里我曾写过,对敏敏积极报名援鄂的行为深表不解,女儿尚未满月的他,是不是前线不可或缺的那个人呢?出发前敏敏说,我们互相照顾,一起平安回来。我是ICU的医生,想去武汉。敏敏也说,不要整得那么悲壮。可能有时候年龄、阅历跟勇气、担当、使命感并不总是画等号,投身最需要的事业,就是这么简简单单的道理而已。

网络上不断渲染我们是逆行英雄,我真实的想法却是受之有愧。尽自己的努力,干好本职工作,是医者发自内心的使命感。我也是到了武汉,在日复一日的平常工作中,才不断体会到,人在大自然面前是多么渺小,坚持做好自己,坚持初心,就能够换来那份坦坦荡荡的纯粹。我想敏敏也是如此,也许几十年后他还可以跟小荷叶排排坐着嗑瓜子、"吹牛皮",说那年你爸错过了你的满月和百天,却用实际行动证明了什么是一个医生的本分和一个爸爸的勇敢,保护了武汉的爸爸其实也是保护了小荷叶的爸爸。

有一天,24病区的一个病人病情突然恶化,呼吸心搏骤停。敏敏本能地扑上去就按(做心肺复苏),不知道按了多久,也不知道穿着防护服做这样剧烈的动作会不会带来暴露的危险,但是那个时候他什么也顾不上。后来他对我说:"我真的想不通,我应该早点想到给他做个CT的,我应该一直按下去,一直按下去,一直不停,说不定还可以的,我是不是还可以再给点什么药,老徐说的镁,我是真的没想到。"

前段时间,病房一个特别危重的婆婆没有救过来,医疗队需要做PPT进行死亡病例讨论。敏敏默默地帮主管医生一起整理婆婆住院期间的所有治疗数据,以便能够更加清晰地呈现整个救治过程,总结经验与教训。我问他为何如此,做原本不属于他的工作。他说,这个便是他能帮婆婆做的最后一件事了。

我想,医疗永远是一个两面性的工作,有救治成功者就必然有救治失败者。曾经有人问我,你做ICU医生久了是不是早已看惯了这些。其实不然,越是站在离死亡近的地方,越是对死亡心存敬畏。你看过生命有多顽强,也就知道生命有多脆弱。所以我能理解敏敏所说,仔仔细细分析每一例病例的得失,不管是对个人知识的积累还是对团队经验的总结都有益处,也是对生者和逝者最大的尊重和纪念。

热心且谦逊的老王(王铭主治医师)

老王是传染科的资深主治医生。在来前线之前,我都不知道我跟老王原来是大学同学。老王上扬的发际线,默默挺出来的肚皮,莫不在悄无声息地宣示着岁月的痕迹。分组之初我们即被安排在一个小分队值班,也算是很有缘分了。

第一次值夜班,从来没穿过防护服的我无比紧张,就算是看着墙上贴的穿脱步骤也对自己丝毫没有信心,而且我们一来就收了5个新病人。

老王说,没事,我进去收病人,你们在外面写大病历就好了,反正我在家(华西医院)也是从过年开始就在隔离病房工作,我熟悉我先上就好。老王平时看似沉默,却在我们初到隔离病房时跟我说,我们一定要尽可能减少不必要的抽血、输液和雾化治疗,没必要对每一个病人都做全方位的"大包围"。护士老师的工作量实在太大了,我们在家的隔离病房里,有位护士有次抽血抽了2个小时,都抽哭了。刚到武汉老王问我,你带了些药和物资来没有,抗病毒药和口罩我这边都多,你不够就找我要。你看,老王对身边人的好和爱,总是以特别低调的方式在体现。可是老王,我们看得到你的好。

重症救治小组筹建以后,老王因为业务能力强,拥有过硬的传染病学知识、感染性疾病诊治知识和既往人工肝治疗的经历,虽不是重症医学科医生也被纳入重症救治小组。说实话这对他是有难度的,毕竟面对呼吸机、ECMO、纷繁复杂的镇痛镇静药物和血管活性药物等平时不大熟悉的众多专属重症病人的治疗手段和药物,老王一定会有自己的焦虑和不确定。我们值班的夜晚,老王或者让我跟他说说呼吸机,或者说说ECMO工作原理和简要的管理,虽然这些可能并不会在他日后的工作中用得上。我们值班到零点左右,老王每次都要跟我仔细核对一遍病人的出入量和生命体征以及需要关注的要点,然后督促我:你去睡觉,我来守着,有什么我搞不定的一定喊你。

他和跟我们搭档过的另一位庆国老师特别类似,都是在家里已经独当一面的很厉害的医者,却在面对非自己擅长的专业领域的时候,没有傲慢和自以为是,谦逊又体谅,乐于助人又积极好学。他们从来不觉得来武汉是应付工作,而是在自己这个年龄和资历上尽己所能汲取新知识,尽可能做好病人管理。

那天带老王去隔离区看两台ECMO并排摆在一起运行,他高兴地说:"我一定要拍张照片留作纪念,目睹和参与管理两台ECMO的日子,也是我人生中的高光时刻了。"

你可能不知道,老王到现在已经离开家近80天了。我们是从援鄂开始离开家,而他却是从新冠暴发就开始在我院隔离病房工作,是最早一直付出的那一批人。不知道孩子还没有满1岁就已错过了娃娃成长首年近四分之一时间的他,会不会有遗憾。

呼吸治疗"双雄"鹏哥和老薛(王鹏、薛杨主治医师)

在我们这个1+2+8(康师傅+2个呼吸治疗师+8个重症小组一线成员)的组织架构里,除了康师傅,还有两位呼吸治疗师也是最辛苦的。由于新冠肺炎的主要致伤部位在肺,所以呼吸治疗自然是疾病干预最基本的治疗手段,呼吸治疗师在他们本来所属的专业领域便发挥了巨大的作用。

两位呼吸治疗师实行上一天休息一天的轮班制,每天一个人上班至少14个小时,多的时候鹏哥上了18个小时,上到了凌晨2点。呼吸治疗对于大众来讲可能依然是个蛮陌生的专业领域,却在这次疾病的救治中大放异彩。鹏哥和老薛每天平均进入隔离病房3次:早上查房、滴定呼吸机参数、翻俯卧位;下午滴定呼吸机参数、纤支镜操作、外出送检查;晚上查房、滴定呼吸机参数、翻俯卧位。其实他们做的工作远不止于此，在武汉的隔离病房，有且只有他们两个人，承担着所有轻的、重的、需要呼吸支持病人的呼吸管理和评估工作，并且把家里能用的设备悉数搬来，保持了我们平时在家的所有呼吸治疗的水准。两个人的成绩单，着实是令人钦佩的。

呼吸治疗师，远不是只需要玩机器和参数就可以干得好的。为什么说AI是没有办法替代医生的，因为我们面对的是一个一个鲜活的有感觉的个体。我给你们讲个故事，殷叔叔刚来的时候带无创，特别焦虑，完全没办法配合医务工作者，始终觉得自己呼吸困难，有一种挥之不去的濒死感。但是通过分析CT和血气，情况并不像他表现出来的那么糟糕。鹏哥说，他搬了个小板凳坐在老殷的床旁，说你放心，我不走，你慢慢呼吸，我守着你。后来，我们用无创呼吸机支持住了老殷，避免了气管插管。谁说不是那时候的那句"我守着你"给予他的力量呢！

呼吸治疗师的工作还难在呼吸机参数需要滴定，这也是他们经常在隔离区一待就是好几个小时的原因。就像"一千个人眼中有一千个哈姆雷特"，永远都没有一模一样的两个病人。教科书上说要在不伤害肺的前提下让肺工作，同时还要能满足机体对气体交换的需要，道理虽然是这么个道理，但是用在人身上，绝不仅仅只是这么一句简单的话，如何去把握这个平衡，绝对是呼吸治疗的艺术。

人类机体是极具智慧的造物主的"顶配"杰作，牵一发而动全身。就呼吸这个动作而言，除了受肺的影响，还要受脑袋、气道（连接外界和肺的"高速公路"）、胸廓（"高速公路"和肺外围的收费站）、腹腔等多个脏器的影响，而呼吸动作本身还可能对心脏造成影响。因此，随着疾病状态的迁徙，病人个体特征的改变，呼吸机参数也就需要实时测量和调整。人和机器如何匹配，什么样的呼吸机模式最适合，不同的模式下什么样的参数最妥当，谁去测量，谁去随时调整，几乎都是他们俩的工作内容，体现着他们的平衡艺术。

和鹏哥儒雅的学者范儿不同，老薛随时都是活力满满的样子。有一天我们非常忙，我跟老薛说不然你别做纤支镜了，我们第二天做也一样。他说没关系，我不做第二天鹏哥就会更累。老薛不管在隔离区待了几个小时，出来以后的第一件事，一定是热饭热菜热汤美美吃上一顿，然后酒足饭饱瘫在椅子上，玩一把游戏或者看看抖音小视频，玩得笑开了花，很快恢复元气。有时候我觉得老薛身体里面可能装着另外一个多余的CPU，感受不到什么是疲倦。一天又一天，一月又一月，由一动一静的两个人组成的呼吸治疗团队，用实际行动赢得了我们医疗队所有人的尊重。

　　至此，华西医院第三批援鄂医疗队重症救治小组所有成员的素描已完成。也许我的视角不够完整，观察不够细微，体会不够深刻。可是，如果你看过离别武汉的那天凌晨，老薛在重症病人的微信群里写下的"再见海爷""一定要活下来""崔坚强加油"；如果你在缓缓驶过武汉长江大桥的大巴车上听到"小王子"对我说，怎么突然就要走了，那几个病人到底怎么样了，是不是应该加他们本院ICU医生的微信问一问；如果你知道昨天老徐在群里说，跟大家说几个消息，坚强的ECMO撤了，晓林的呼吸机脱了；如果你知道大家今天都还在讨论东海大爷的胆红素升高究竟是为什么……那么你一定会跟我一样，无比敬佩、感激和喜欢这群可爱的人，为能够与他们共事自豪不已。

　　实际上没有什么文字足以展示他们的真心和优秀，他们用尽力气拼了命地守护他们的白衣梦想，保护灾难中的同胞的鲜活形象，早已刻在了我的心里，并将一直影响我的职业生涯。

像一名共产党员那样去战斗

共产党员、眼科护士格绒下姆2月7日刚到武汉的时候,留给她的准备时间并不多——对接当地医务人员,适应全新环境,参加全方位培训……每一项准备工作都得投入百分之百的精力。

"救治条件需要因地制宜,如果没有条件,我们就来创造条件。"康焰队长的话,又让格绒下姆鼓足了勇气。

很快,她就去了最危险的地方。

2月9日早班,格绒下姆第一次进入污染区,开始着手临床工作。防护服又闷又重,穿上后异常难受。很快,她就出现了缺氧的症状。

"穿上'铠甲',我们就是战士!"格绒下姆说。

几天过去,格绒下姆已成为一名熟练的"战地"护士。

"在这里我们是'百变小樱',既要治疗患者的病情,又要关切患者的心理,也要照料患者的起居,迅速转换角色十分重要。"格绒下姆说。

格绒下姆没有想到,她这个眼科护士,竟然成了"红眼圈儿"。2月12日晚上7点,刚走下工作岗位的格绒下姆说,在武汉的工作强度的确很大,"护目镜很紧,勒得眼睫毛都扎进了眼睛,取下来就成这样了"。

跟所有医务人员一样,格绒下姆每天穿上厚重的防护服后,就得坚持很久,"防护服加口罩密封性非常好,给了我们安全感的同时,也会让我们有窒息的感觉。晚上脱下防护服和护目镜后,就舒服多了。我在考虑是不是把睫毛剪掉。"

而在格绒下姆千里之外的家乡甘孜州,那张留下"疫痕"的照片,被本地人称为"天使的印记"。这可能是她生平最"丑"的一张照片,却上了热搜,激励着家乡父老齐心抗疫。

到了武汉,她愈发觉得医务人员使命神圣、责任重大。"我不是逆行者,但愿能成为一个医疗卫生事业的践行者。"格绒下姆说,"希望自己护理的每一位患者,都能顺利康复!"

华西援鄂医疗队中,不仅有"百变小樱",还有"华西坝陈妍希"。

为了方便工作,每个医疗队队员都会在自己的防护服背后写上来自哪里、叫什么名字。

共产党员、急诊科护士王维把"华西坝陈妍希"写在了背后,一转身,只见大家眼睛笑得弯弯的,然后她头也不回地进了病房。

"华西坝陈妍希"是王维在马拉松群里的"艺名"。

"马拉松是我工作之余的爱好,跑得不好,但可以锻炼身体。我也很愿意去做灾害及创伤救援。"王维说。

王维和其他队员完成了两天严格的科学防护培训,包括理论、技能和驻地院感管理培训,穿脱隔离衣的流程培训,驻地防控培训,工作人员进餐、进入自己休息房间后的每一步流程及房间的布置流程培训等。

穿脱防护服是一项重要的工作,要从头到脚,费力地套上防护服。大家彼此打趣说像是宫崎骏动画片里营救天使的主角。

事实上,这看似轻松的笑声背后,却是疫情给他们的第一个"下马威"——防护服是一次性的,但在医疗物资紧缺的情况下,要尽量延长防护服的使用时间,他们必须数小时不吃不喝、不上厕所,垫上成人尿不湿,以节约医疗资源。

王维主要承担重症患者的护理工作,她试着和病人们聊天。

30床的病人不爱吃鸡蛋,王维说这能补充蛋白质,增强抵抗力,聊着聊着,病人便把蛋就着饭一起吃了。

15床的大哥和父亲住在同一楼层,但因病房不同无法见面。王维就带着大哥的话,常往老人家跟前跑。

王维交完班准备离开,15床的大哥追到病房门口使劲敲门,对她说:"一定注意安全,注意休息,没事多坐不要到处走,穿着防护服走动很不容易的。"

王维听完点点头,笑了,这次眼睛还是弯弯的,但有泪光闪烁。

王维经常利用自己的休息时间,刻苦钻研,发现临床工作中的一些薄弱环节,如病房各个方面有什么需要改进的地方,然后及时去寻找解决方案。

某援鄂医疗队的护士晕倒在缓冲区无人发现,最终造成了严重后果。这件事发生以后,医疗队的人都觉得很后怕。后来24病区监控系统的安装,就是王维在做院感防护经验总结的时候,细心观察发现安全隐患后,及时想尽办法去筹措各种社会资源,督促落实的。病区监控盲区的漏洞弥补后,随时有专人关注进出红区通道的情况,将发生意外的风险降到最低。

援鄂医疗队里的每一名医务人员都在与时间赛跑。2月19日晚,华西医院援

武汉市人民医院东院区重症病区副护士长、共产党员刘瑶收到一通重症病房护士打来的紧急电话。

"刘老师刘老师，血气分析仪坏了！33床情况不好，需要进行血气分析，现在不知道该怎么办了！"电话那头的护士几乎快哭出来。

"别急，我立马联系设备部，你先配合医生做好治疗。"刘瑶安抚好电话那头护士的情绪，立即寻找解决办法。

33床患者病情一直不稳定，2月20日早晨医疗队还要和华西本部进行远程多学科讨论，李为民院长、第三批医疗队队长康焰等多学科专家将为了挽救患者生命聚集在一起。对病房患者情况了如指掌的刘瑶，非常不希望错失这个机会。

根本没有思考的时间，刘瑶立即给千里之外的院中心ICU打了电话，迅速找到了血气机工程师的电话。

刘瑶简洁快速地向工程师阐述了当下情况。虽然武汉病房的血气机和本院血气机不是一个品牌、型号，但工程师帮忙打了数十通电话，联络了许多人，在最短时间内联系到可以处理故障的其他工程师。

武汉重症病房护士和工程师接通视频，一边说一边做，最终修好了发生故障的血气机，顺利完成了33床患者的血气分析。在这场"接力赛"中，刘瑶凭借多年的重症护理经验，在多方合作下，为患者争取到了宝贵的时间和救治的机会。

还有一件事让刘瑶印象深刻，那天，她应一位患者请求，在他的白色外套上写下了自己的名字。这件外套已经密密麻麻写满了医务人员的名字。

"我要将衣服消毒后永久保存。"这名患者入院时病情较重，长时间依靠呼吸机维持生命，如今即将康复出院。他说，看不见白衣天使的脸，就以签名留作永久的感恩和铭记。

共产党员的带头作用感染了援鄂医疗队中的青年人，他们纷纷提交了入党申请书。

在2月3日晚上10点的武汉,华西医院援鄂医疗队队员王业、冯梅、银玲、江雪、漆贵华、张耀之、何国庆和蔡琳高举右拳,在其他队员和四川省卫生健康委员会驻队干部的见证下,面对党旗郑重宣誓加入中国共产党。他们在全国抗击疫情的关键时期经历考验,经党组织批准火线入党,成为光荣的中国共产党党员。

华西医院第二批援鄂医疗队的王梓得、周秋洋也深受感召。2月7日,在武汉大学人民医院3号楼,华西医院第二批援鄂医疗队驻地会议室里,王梓得、周秋羊郑重地向党组织递交了入党申请书。

"站在疫情防控斗争第一线,保护人民群众生命安全,是我义不容辞的责任;深入疫区第一线,为患者撑起生命的保护伞,是每一位医务工作者的责任和使命……"

"在这里,共产党员争先恐后、无惧无畏、无怨无悔的大无畏精神无时无刻不在感召着我,让我想加入党组织,想去像一名共产党员那样战斗……"

王梓得、周秋羊两位均是重症医学科重症护理专业的护士,也一直在疫情防控救治工作的一线。抵达武汉后,他们作为男护士,更是积极主动承担重活累活,毫无怨言。

他们说,这就是"战场":隔离病房一进去就是4个小时,对每个病人都需要一一查看,对重点病人还要详细询问,而且大部分是高龄重症病人,在病房里没有一分钟的休息时间,一直走来走去,换药、量体温、换床单、加仪器……仅半个小时防护服里面的衣服就已经湿透了。

王梓得是一位"80后",即将迎来他36岁的生日。当问及他为什么主动请缨来武汉时,他说:"武汉不安,湖北不安,全国不安,我们拿什么给孩子未来?我是男人,我是男护士,这个时候我不上谁上?!"

周秋羊是一位"90后",在治疗间隙,他与患者合唱《我和我的祖国》,极大地鼓舞了患者。正如他在入党申请书中写的:"越是艰难越向前,越是党和群众需要我们的时候，越是我们要积极抗战的时候。看到身边的党员都义无反顾、挺身而出，看到刘丹、徐禹、刘瑶、杨翠等党员同志时时刻刻都起着先锋模范带头作用，我们也一定不辱使命！"

在武汉的日日夜夜，彝族小伙吉克夫格无时无刻不被身边的战友所感动。尤其是每当有重大任务，那一句"党员先上"的使命感，让他更加渴望成为他们中的一员。

"他们就像一面旗帜，让我能够坚定地跟着他们一起前进、奋斗。"

吉克夫格做出了自己人生中的一个重大决定，2月12日，他郑重地向临时第三党支部递交了入党申请书。因表现优异，他已被党组织确定为入党积极分子。

吉克夫格希望自己也成为在危难时刻冲在最前面的那个人。

值得一提的是，在北协和、南湘雅、东齐鲁、西华西胜利会师武汉的时候，吉克夫格也与吴孝文、周秋羊、韩黎文实现了"会师"。

他们4人，同窗4年，同寝6年，同在华西医院工作9年，又一同奋战在抗疫的最前沿。吴孝文和周秋羊，前文已经介绍过了。韩黎文在骨科工作，是第三批援鄂医疗队成员。

谁也没有想到，没有经过任何商量，他们4人都主动请缨，不畏生死，担起白衣战士的使命，积极参与到这场抗疫斗争中。

他们相识13载，大家共同走出校园，走向社会，工作、结婚、生子，每一个人的人生重要时刻，他们都相互陪伴、相互鼓励、相互分享。这一次，这段亲密的兄弟情又得到了升华，他们一同抛却生死，共同奋战在同一战线上，不为自己，不为家人，而是为了更多需要他们的患者。他们都有各自的家庭、各自的牵挂，此时此刻他们的儿女情长被强烈的家国情怀所替代。青春无畏勇逐梦，韶华有志奋追光。

舍生忘死

家人是亲人，更是并肩的战友

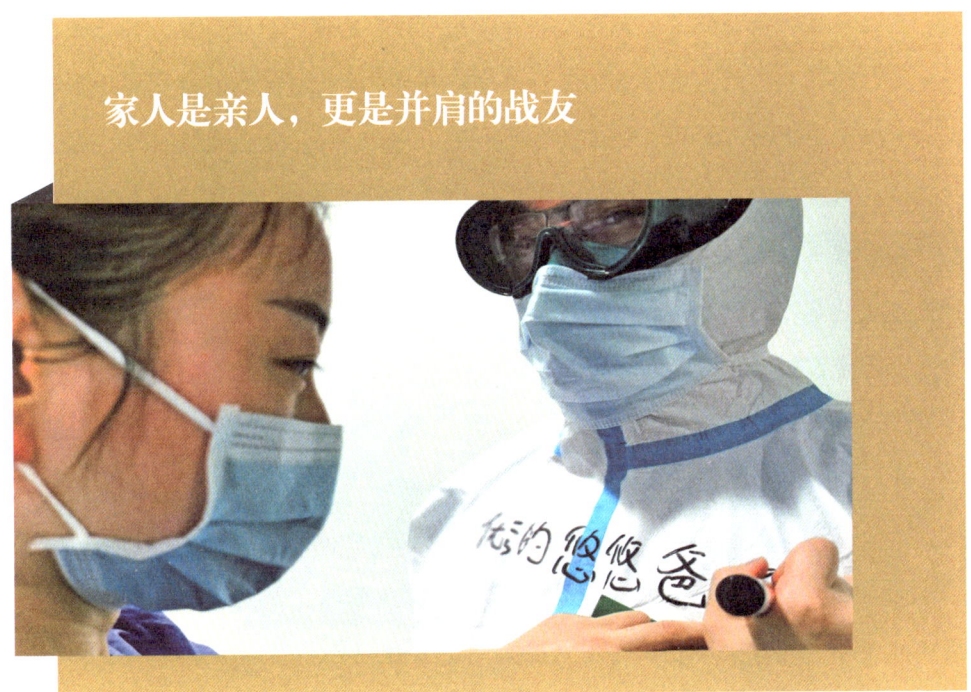

到武汉后，看到冷冷清清的街道，没有了原来大都市的繁华，内分泌代谢科副教授吕庆国心里感到很凄凉，但是高大建筑物上闪烁着的"中国加油，武汉加油"的标语，给了他战胜疫情的信心。

吕庆国到达驻地后，收拾完行李，洗完澡，就已经很晚了，给爱人报了平安，却怎么也没有勇气给父亲打电话，他怕自己绷不住。然而很快，父亲的电话就打过来了。吕庆国心里一惊，难道是谎言露馅了？

第二天，我们在驻地进行了严格的防护和工作流程培训。晚上刚吃完饭，父亲就打电话过来了。我瞬间紧张了起来，莫非他知道了？但还是硬着头皮接了。果然，老家的一个亲戚给他打电话说在网上看到华西医院出征武汉的名单上有

095

我，因为没法上网，他没法亲自求证。我就结结巴巴地"撒谎"说，那是报名名单，是作为预备队的，实际上还没去，作为一名党员，我觉得我有义务冲上去！父亲沉默了一下说，对的，应该报名，如果真的要去……后面他没说了。我明白他内心的纠结，我也不知道他是否真的相信了我的"谎言"，或许他是强迫自己相信吧。放下电话，我眼泪就掉下来了，这是一件很光荣的事情啊，或许父亲会很支持我，或许他会为我感到骄傲，会更好地保重自己的身体，等着我凯旋！我内心翻滚着，决心告诉他。拿起电话又想起了父亲对我的牵挂，怎么也没有勇气去拨号，最终还是放弃了。之后，我就给老家的每一个亲戚和父亲的朋友发信息，让他们不要和父亲说我来武汉的事情。因此，在网络上我从来不公开在武汉的信息，怕被父亲看到，怕我这个无力的"谎言"被拆穿。

随后的日子，我们的工作很快进入了正轨，也忙碌了起来。我们医疗队整体成建制接管了武汉大学人民医院东院区两个重症病区。在领队康焰主任的带领下，医疗队发挥多学科的优势，医疗工作井井有条，仿佛我们接管的医院就是我们自己的华西医院一样，有了主人翁的感觉。工作这么多年，真的很难遇到这么多专业的医务人员组成一个团队开展工作，并且相处得如此融洽，每个人身上都有华西人那种敬业、精业、勇往直前的精神。工作中也形成了一些华西特色，比如按病人病情进行的红黄绿分区，常态化的MDT讨论等。我个人也在这样的团队工作中收获了很多，尤其是重症病人的评估和管理方面，同时也发挥了内分泌代谢科医生的优势，很好地管理了病房中的高血糖患者。在这里，医护协作，医患和谐，华西医院的后援和各地的物资支援源源不断，让我感动不已。

忙碌而充实的生活让我对家的思念也逐渐减轻了些。因为父亲在家里没法出门，网也断了，所以我的"谎言"得以继续。断网10天后，估摸着新闻热度过去了，弟弟就准备开通网络了（因为父亲也实在受不了了）。我还是担心在断网期间有人会在微信上给父亲留言，询问我支援武汉的事情，我特意嘱咐弟弟，一定在爸爸看到他的微信之前给他把消息清空！弟弟很好地完成了这个"任务"。为了更好地打消父亲的疑虑，我还是坚持每隔2～3天给他打一个电话，"撒谎"说我在医院上班，为了不影响家人，这段时间就不和他见面了。对父亲"撒谎"的水平竟然越来越高，这让我很吃惊，因为从小到大，我很少对他撒谎！父亲仿佛也很适应我的"谎言"，配合度极高，也不再质疑我了。有一天，父亲的手机坏了，我竟然挺高兴的！不过没几天就修好了。

在武汉一个多月后，随着疫情的好转，援鄂医务人员逐步开始撤回。有一天，吕庆国在和父亲通电话的时候，听到父亲说非常钦佩这些医务人员，他们是真的英雄！

吕庆国当时真的想和他说："您的儿子也在他们中间，也在武汉战斗！"但是却怎么也说不出口，泪水又一次不争气地流了下来。

2月11日凌晨4点的病房，依旧忙碌。换好防护服后，作为护理小组组长的急诊科护士童嘉乐带着两位华西的小伙伴准备进入病房。按照医疗组的安排，凌晨就只有他们3个人承担该层病房的工作。

"大家第一次进病房都有点紧张，只能互相检查、互相打气。进入病房之前会经过两处不大的缓冲区，一边是护士站、一边是病房。在缓冲区有种莫名的压迫感！"童嘉乐在日记里记下了自己的工作感受。

站在缓冲区，3位普通医务人员打着手势为童嘉乐等人打气。他们的防护服背后，写着"加油华西"。工作中，童嘉乐会对患者进行细致观察和评估，监测患者生命体征，给重症病患输氧、输液，同时还要负责采集咽拭子和做雾化这两项风险较高的工作。

"进入病房，非常安静，第一次感到自己的呼吸是那么清晰。"以前医院重症监护室里都有专门的护工，但护工这时却无法进入隔离区，所以童嘉乐等人还需承担大量护工的工作。童嘉乐刚进病房就看见有个老奶奶在呕吐，他就站在旁边一直用脚帮老奶奶踩着垃圾桶。

众所周知，飞沫都是极其危险的，更别说呕吐物。所以，工作结束后，脱防护服时童嘉乐得特别小心。他的日记，非常清楚地记下了这个让外界极为关注的过程——从病房出来前要先用酒精全身喷洒一遍并洗手（戴着两层手套），然后脱掉鞋套，来到缓冲区二脱防护服；在脱防护服时先洗手（仍然戴着两层手套），随后拉开防护服拉链，拉扯背部外侧污染衣服让其慢慢从身上滑下，随后捏住衣服外层污染面向外卷，在此过程中一定不能触碰衣服内层，这样，有病毒的接触面都裹在里面，在把这些污染物清理出去的过程中，可以将病毒再次扩散的可能性降到最低；脱下防护服后，再脱下第一层手套，来到缓冲区一脱下护目镜、帽子和第二层手套。

在这一过程中，动作要极为缓慢，并且在每一个步骤之间都必须洗手。当所有防护用品都脱下后，再次用酒精进行全身喷洒，随后洗手戴上口罩，将洗手专用衣脱下用消毒剂浸泡，最后全身冲洗10分钟，这样才完成脱下防护用品的全部步骤，整个过程需要半个小时。

童嘉乐在2月11日上午11点脱下了防护服，回到酒店后，迎接他的不是早餐，而是手机上妻子发来的质问："为什么进入医院前不发个信息！"

童嘉乐赶紧给妻子回了信息。

"她看到我的回复后，把我骂了一顿。她说，骂完我就放心了，因为我是平安的。"日记里看不到童嘉乐写这段话时的表情，但能感受到他们之间的爱。

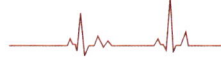

2月9日，消化内科副护士长王瑞在微信朋友圈中写道："第一天正式进病房，不知不觉折腾了7个多小时，还没吃饭，一个班的装备倒腾下来感觉脸上已经不可避免地形成压力性损伤……一切都会好起来的！"

因为从事了多年的共青团工作,在此次援鄂任务中,她被任命为华西医院青年突击队副队长,这也让她比普通队员做的工作更多。这是组织对她的信任,也是她的责任和对组织的承诺。

2月11日,工作步入了正轨,医疗队队员们在实践中不断改进不断完善。

2月12日,"下班的电梯里,陆续进来身穿不同队服的战友,最真实的感受是,一方有难,八方支援!"王瑞每天利用有限的休息时间,用这样的方式(发微信朋友圈)向关心她的人报平安,让大家在恐惧和担心中多了一点放心。

2月13日,早上7点,王瑞接到了丈夫陈心足的电话:他将要作为第八批四川援鄂医疗队的领队,带队来武汉。

王瑞有点惊讶。她猜得到陈心足会主动请战,却没想到他也会到武汉,赶紧问他什么时候出发。

"马上。"陈心足回答。

一般情况下,华西医院不会把夫妻两人同时外派支援。

但陈心足是在宜宾以华西医院宜宾医院副院长的身份报名的,这才出现夫妻双双赴前线的情况。

内心的复杂和纠结,肯定是有的,互相为对方担心和害怕,也肯定是有的。

王瑞在防护衣的背后写下"欢迎橘子、樱桃爸,并肩作战"这句鼓励的话,这可能就是属于他们的相互默契和支持。

2月14日情人节,在这个特殊的日子里没有巧克力,没有玫瑰花,王瑞录了一首歌《原来你也在这里》表达对彼此的牵挂和祝福。

她还在微信朋友圈写道:"知道同城不得相见,只希望彼此安好。"

1981年出生的陈心足,是四川援鄂各支医疗队领队中最年轻的一位,他所支援的武汉协和医院肿瘤医院,与王瑞所支援的武汉大学人民医院东院区,一个在长江左岸,一个在长江右岸,相距足足30公里。

在武汉期间,王瑞与陈心足只见过一次。

那天，王瑞跟随领导去参加经验分享活动，来到了陈心足所在的医疗队。

"咦，这个人有点眼熟。"王瑞走近一看，果然是她的陈心足。于是，两人坐下来聊了起来，不到1小时，便不得不各自离开了。

"从宜宾追到了武汉，总算又见上了一面，我们这时不仅是夫妻，更是战友。"陈心足一回忆起武汉的那次见面，就十分开心。

"其实我们本来在成都就很少见面，都习惯了。"王瑞坦言。陈心足是去年秋天被华西医院派往宜宾挂职的。

"他每周基本都会回成都，不一定每次都会看我。"王瑞说，"基本都是因为工作需要，有时候工作完成就急匆匆地离开成都回宜宾了。"

除了担任华西医院胃肠外科副主任医师、华西医院宜宾医院副院长，陈心足还在华西医院龙泉医院担任胃肠外科学科主任。

在王瑞看来，陈心足是一个非常踏实和敬业的人。

"他自己没什么兴趣爱好，就喜欢做科研，自律性强，责任心强，有担当。"王瑞对她的丈夫赞不绝口。

在武汉的时候，由于工作压力大，夫妻俩没有太多机会联系，几乎两三天才能联系一次。想要通个电话，对他们也是奢望，因为他们不能把手机带入病区，只有下班的时候，才能看一眼手机，用微信三言两语地联系。

3月31日，陈心足所在的医疗队将要撤离。陈心足曾经想过留在武汉，加入王瑞所在的医疗队。可他毕竟是这支医疗队的领队，必须亲自带队回川，责任重大。陈心足想和妻子在同一支医疗队并肩作战的想法，也就只是想想而已了。

"等回去后，我陪你吃一年火锅。"陈心足对爱吃火锅的妻子说。

青年的热血温暖了武汉的寒冬

随着重症病人越来越多,重症医学科护士吴孝文所支援的武汉市红十字会医院这家二甲医院的普通病房早已无法满足重症病人的护理需求。华西医院援鄂医疗队到达之后,将医院的两层楼改造成了临时的重症监护病房。

吴孝文他们4个小时轮一次班,每个班有4~5名护士,护理17位病人。由于这些病人都是危重病人,吴孝文他们基本上就是从头忙到尾。

"相当于我们一天中剩下的20个小时,都在为上班的这4个小时做准备,喝水要计划性地喝,哪怕是睡觉,都必须强制性地睡,因为要保持精力充沛。"吴孝文说。

他举了个例子,比如当晚他的班是凌晨4点到早上8点,那么,他2点多就得起床收拾东西,少量喝一点水,3点半等班车,到了医院换完衣服,正好4点;8

点交完班，换衣服，再坐班车回住的地方，然后需要洗澡，对床单、被套、窗台、地板等进行消毒。

在吴孝文看来，危重症病人更多的问题是脏器功能不稳定，首先是肺功能，他们会呼吸困难、憋气、氧饱和度非常低，必须对他们进行氧支持。很多病人还有基础性疾病，比如有的老年人心功能、肾功能不好，有的还有糖尿病……这也是需要额外观察和治疗的。所以很多病人不仅仅是肺部疾病，而是多个脏器的疾病和受损，这会让治疗方案、观察重点、护理措施都发生很多变化。

危重症病人需要额外增加的一项是心理护理。因为他们没有家属陪伴、探视，但是他们都很清醒，心理需求会比较大。比如不安全感、对疾病的恐惧、对医务人员的依赖……这都需要医务人员和病人慢慢沟通。其次就是生活护理，ICU该做的吴孝文他们全部都会做。

有些病人可能会询问，自己会不会死。

有些病人住久了以后，情绪会非常烦躁，对医务人员态度不好。

还有一些病人可能会紧张，会出现尿频，会有很多很多的诉求，会希望医务人员一直陪着他们。

"我们没有躺在病床上，其实也不能百分之百体会到他们的感受。"吴孝文坦言，必须与病人交流。病人虽然带着无创呼吸机，整个面罩扣上去后，无法说话，但他们可以点头、摇头，会做一些手势，或者用手来写字，这是吴孝文和病人主要的沟通方式。

很多时候，吴孝文会给病人一些鼓励，会给他们一个信念：为了谁出去？出去以后会做什么？也会给他们讲目前面临的状况、治疗计划，需要他们配合什么等。

重症病房里有一对老夫妻，让吴孝文印象深刻。

老两口都被感染了，孩子都在外地。婆婆病情轻一点，爷爷病情比较重，要持续给氧。病人其实一活动就会很累，婆婆在这种情况下，还是要去照顾老伴，帮他整理床单，喂他吃药、喝水。

吴孝文有时候看到了，就制止她，说婆婆你不要弄，有什么事让我来。

其实她本身也是病人，但她就是放心不下。后来两个人病情都有所好转，婆婆转到普通病房了，爷爷也不用再高流量吸氧了。

吴孝文给爷爷喂药的时候，爷爷叫他把药掰成两半。

吴孝文问为什么，他说："每天晚上都是我吃一半，她吃一半。"吴孝文觉得他们可爱极了。

老两口平时总是互相埋怨、拌嘴，爷爷嫌婆婆老过来帮忙，婆婆又担心爷爷病情太重，语气上很生硬，心里却又一直惦记着对方。

吴孝文工作9年，在ICU里面已经待了7年了，也见过很多病人的死亡，但是那种死亡和现在面对的死亡不一样，因为跟病人之间的联系不一样。

"这一次我们的战友不仅是医务人员，还包括病人。"吴孝文说，"我们共同的敌人，就是这个病魔。"

凌晨4点的武汉市红十字会医院，灯火通明，灯光四射。

疫情结束后，千万不要问华西重症人：你见过凌晨4点的武汉吗？他们见过凌晨1点、2点、3点、4点……24小时的武汉！

吴孝文有时候也会静下心来，写写日记。

今天是2月27号，是我援鄂抗疫的第32天，不知不觉就已经过了这么久了。回想一下，出发时的场景仿佛是在昨日，历历在目，一时感触颇多，现将此间所见所感进行阶段小结如下：

1. **生活**

生活上的体验，是满分，比想象中的场景好太多。这要感谢我们强大的后盾——我们的医院和我们医疗队的"管家婆"冯老师。在武汉所有援鄂医疗队中，我们华西医疗队的生活质量算是最好也是最令其他医疗队羡慕的了，贴身衣物、防寒外套、工作服装（鞋）、消毒的防护用品、各类食品等应有尽有且品种繁多，更细致到连指甲刀、护手霜、刮胡刀都准备了，让我们在这边的生活完全没有后顾之忧，每天都以良好的状态投入到抗疫工作中。

2. 工作

我的援鄂工作地点有两处，一处是13楼普通病房，另一处是9楼重症治疗病房。最开始的时候在13楼，病人病情不算太重，大多数都是生活能够自理的轻症患者，病人们情绪都非常的饱满，很有战胜疾病的信心。在跟他们进行交流和对他们的护理中，我慢慢地了解了这个医院的运行模式和新冠病毒患者的诊疗与护理模式，也慢慢地放下了悬在空中的心，有底了，不未知了。后面去9楼后，我还在暗自庆幸，幸亏有在13楼工作的经历，不然一来就是危重症病员，脑瓜子肯定嗡嗡的。

1月31号我们进驻9楼开始组建重症治疗病房。9楼以前收治的大多是他们本院感染的职工，医务人员也是从其他楼层抽调过来的，相当于这个重症病房是"新"的，新的病人陆续入住，医务人员也全新入驻，病房也将重新梳理改变格局。

瞬间我感到压力山大。但在尹二哥和宋老师的带领下，在罗老师和冯老师的帮助下，病房终于初见格局，陆陆续续让原来的轻症患者筛查出科或出院，收治危重症病人，建立了监护室的工作模式。从最开始的匆忙凌乱，到后面的井井有条，从之前的以维持生命为主，到后面的患者精细化、优质化护理，大家都在认真地付出。我们建立了重症3级护理制度，常规进行出入量管理，采用侧卧位、侧俯卧位、俯卧位对患者进行体位治疗，还对患者进行动态营养管理、肠内肠外双重评估和支持，建立了严格的交接班制度和24小时生命体征监测，基本上我们把华西重症护理模式照搬了过来。工作中让我印象最深刻的就是呼吸支持治疗。为什么印象深刻呢？一是最开始这里的呼吸支持氧疗设备五花八门，为每一位病人上机的时候都要调试和掌握性能；二是护理人员大部分都不是重症专科的，缺乏重症护理和呼吸支持治疗专业知识，必须一边上班一边参加培训；三是医院氧气储备不足，可能他们也没有预见到有一天医院会同时有这么多患者需要高流量吸氧。缺氧的结果就是患者血氧饱和度像坐过山车般，让我们护理人的心也忐忑，每天上班前担心氧气不足，上班时"上蹿下跳"找氧气钢瓶，下班后腰酸脖子疼。一进到病房，我们最害怕听到的消息就是钢瓶没来，然后就看到我们的病人大口地出气，能急得你出一身的冷汗。当看到电梯口摆放了装满氧气的钢瓶，我们整个班都斗志昂扬。现在有时候回想，当时那段时光我们是怎么度过的，我们是怎么扛下来的，同时，也有点骄傲和自豪，哪怕在这种情况下，我也没让我的病人从我手上滑走。重症护理就像保护露天的蜡烛，你得把它放在面前用双手防护，除非蜡油枯竭，不能让其他因素熄灭它。现在好了，我们的病房渐渐步入正轨，一切都像是另一个起点，重症病房护理人员充足，氧气充足，让我们有更多的时间和精力去做更精细的护理，为患者做更多他们需要的事情。

3. 思想与情绪

其实待到现在，心中多少有些疲惫，想家想儿子想媳妇，期待早日回去，不过都还好，因为有一群可爱的小伙伴陪伴着，相互鼓励着，吃着他们亲手做的荷包蛋、火锅、炒饭和回锅肉，每天聊聊困境和八卦、一起打手游、一起跳绳玩自拍，感觉也没有什么难的。在这边我的收获之一就是我写了入党申请书。为什么在这个时候写呢？因为在这段援鄂时光里，我深刻地感受到了党和国家的担当，我感觉自己随时沐浴在党的光辉下。医疗队里的临时党支部、驻地酒店的政府工作人员、队里的党员同志都让人感到温暖。在这种危急关头，党和国家时刻陪伴着、帮助着我，我觉得我应该向他们靠拢，在以后的日子里也去温暖别人。

在我出发的时候，很多亲朋好友和同事都问了我一个问题：为什么要过来？我当时的回答是：没有为什么，就是想过来。我是一个平凡的人，我只是在尽自己的责任，就像发生火灾时，消防官兵上；发生战争时，军人上；这次疫情暴发，肯定是我们医务人员上，责无旁贷。此时此刻我也没后悔来武汉，在这种国民危难、病毒肆虐之时，身为一名护士，没来我才会真的后悔。每个职业都有每个职业的使命，勇担使命，恪尽职守，将自己所学所会好好用在病人身上，帮助他们战胜病毒,使他们都有生的机会,也就足矣。2020年,我错过了儿子的生日,错过了奶奶的90大寿,也错过了和媳妇的结婚4周年纪念日,但我不遗憾,因为我在战斗,一场保护病人的战斗,保护了病人就保护了我的家人。

与"重症开心果"吴孝文一样,急诊科护士佟乐工作起来也很开心。

"我从来不会吝啬自己的笑容。"佟乐笑起来总是一脸阳光,虽然穿着防护服,脸上被口罩勒出一条条印痕的他,笑容略有点"变形"。

他在日记里写道:

2月12日,是我们医疗队队员进行临床值班的第三天了,原本陌生的环境和流程,现在已经渐渐熟悉。我这一组负责23病区,病人多的时候有四十多人,少的时候也有二十多人,工作很繁忙,但"我待病患如初恋"。

佟乐做着繁复的工作——治疗、护理、烧开水、发盒饭、护理大小便……但这一点也不影响他把乐观幽默、积极向上的情绪传递给病患。在第一天进入病房时,佟乐就发现,大部分病人心理压力都非常大,病区的气氛很沉闷,他决定要和病人们好好聊聊。

"我特别能理解那种一个人在医院,天天等着治疗的心情,真的很迷茫、很孤单。早上去,我会笑着说早安;晚上去,我会提醒他们该睡觉了哦,晚安。平时治疗时,我会和他们唠唠家常,讨论最近的热门话题、电视连续剧和他们的喜好。我想,护理不光是打针输液,也是全面地关心病人的全部。他们在这段时间是孤单的,希望我们的出现能让他们不那么孤单。"

佟乐的快乐不仅传递给了患者,也感染着共事的队友们。他会在难得的空闲时间,拿着工作手机与医生护士合影,喊加油。他还专门做了视频,让大家看到队员们最真实的工作状态。

佟乐想做英雄。他经历过芦山地震、九寨沟地震等灾害的一线救援。"参加一线救援，特别是空中救援时，在我跳下直升机的那一刻，我觉得我就是电影里的英雄——穿着披风从天而降的'超人'。这就是我曾经的高光时刻。"

佟乐用了"曾经"这个词，因为出征武汉，让他对"英雄"也有了全新的理解。

"我觉得高光时刻不是聚光灯下的成绩，或者万众瞩目的那个瞬间！我们护士的高光时刻，是在病人家属的眼里，在无数患者发光的眼里！"佟乐说，"可能是忙碌的背影，或者戴着口罩的一个眼神！患者的眼里、心里对我们的认可，才是我们医务人员真正的高光时刻。"

在武汉，他听到了这辈子自认为最高的评价："性格阳光、态度好，技术也一流！你给我打针都不疼，我病都好了一半了！"

急诊科护士吉克夫格也感受到肩上越来越重的责任。2月11日，吉克夫格他们正式进入武汉大学人民医院东院区24病区。

这一天，天空中飘着阴冷的细雨，窗外不时传来呼呼的风声。一切都是陌生的，陌生的环境，陌生的人，陌生的工作流程。

进入防护最高级别的高危区，对于从事医务工作多年的吉克夫格也是第一次。"全副武装"的他必须使上全劲，才能与病人顺利交流，高强度的工作状态让他的呼吸和心率逐渐加快，身体渐渐疲惫不堪。

"真的是多说一句话都会特别累。我只能努力调整自己的心态，时时告诫自己，一定要保持体力，绝不能提前退出战斗。"吉克夫格说。

吉克夫格的担当，正是他前行的动力。

伴随着凌晨2点半的闹铃声，吉克夫格开启了又一天的上班日程。

为病人输液、发放口服药、测体温和血氧饱和度……他在各个病房来回穿梭,看似轻松的日常工作,却因厚重的防护服变得不那么容易。

"穿着防护服其实非常难受。即使气温只有几度,但我们贴身的衣服没多久就会被汗水浸湿,护目镜满是水雾,很消耗体力。一个班结束,被汗水浸湿的内层衣服都可以拧得出水来。脸上被口罩绑带、眼罩绑带勒出一道道深深的印痕,有的同事脸瘦,常常被勒出水泡。"吉克夫格说,"即使身上或脸部某处发痒,都不能去挠,必须拼命地忍住。"

连续高强度的工作,让身体强壮的吉克夫格也出现了不良状况。

这天,吉克夫格凌晨4点当班。刚上班1个多小时,吉克夫格突然感到全身异常难受,呼吸不畅,胸闷憋气,头昏脑涨。

尽管这有可能和紧张情绪有关,吉克夫格还是提醒自己要注意了:"绝不能倒下!绝不能倒下!"

吉克夫格一边为自己做积极的心理暗示,一边慢慢挪出病房,在走廊上缓缓走上几圈,尽量分散自己的注意力,待身体状况稍一好转,马上又投入工作。

"那时候,脑子里想得最多的一句话就是绝不能倒下!"

在武汉,医疗物资紧缺。护目镜都是严格消毒后反复使用,只有坏了不能再用了才换新的。在武汉半个多月后,吉克夫格才再次用上新护目镜。新的护目镜上有一层防雾膜,目之所及较之前清晰明亮。"这让我心情很愉悦。"吉克夫格说,"旧的护目镜上消毒液的气味刺激眼睛,常使眼睛发红、干涩,而且常常起雾,看不清东西,容易增加心理压力。有时候,我们要跟病人贴得很近很近,才能看得清楚,才能开展精准治疗。"

防护服的成本较高,再加上消耗量巨大,前期供应有些紧张,因此医务人员都特别珍惜自己的防护服。他们每次在穿防护服之前2个小时,就停止喝水进食;穿上防护服进了隔离区的四五个甚至七八个小时里,更不能喝水进食甚至上厕所,否则就会浪费一套防护服。他们基本都是穿着成人尿不湿,连续工作。

太多的艰辛，都是常人无法想象的。

"但所有人都在坚持坚守，不把抗击疫情的任务圆满完成，绝不后退。"吉克夫格说。

吉克夫格他们面对的患者，多数入院隔离治疗快1个月了。作为有经验的护士，吉克夫格知道，这个时候患者身心都已经备受煎熬，心理承受能力都很有限。于是，除了日常工作，吉克夫格还给自己增加了一份工作——陪患者聊天。

"我们的防护服上都写有自己和所属医院的名字。"吉克夫格说，"每当有患者对我的名字感到惊奇时，我就会告诉他们，我是彝族人，同时还用彝语教患者说'加油'，这时候他们就会开心地笑起来。而且知道我们华西医院来支援了，他们都很振奋，激动地说'你们是逆行而来拯救我们的英雄'。"

武汉的生活是孤独的。吉克夫格和同事的宿舍虽然只有一墙之隔，但下班后他们几乎都不会碰面，有事情通过微信视频联系，吃饭是从食堂将餐食拿回房间分开就餐。武汉的生活也是温暖的。那天，远在成都的妻子告诉吉克夫格，医院领导去看望她了，还给她送去了口罩。

妻子的感动传递给吉克夫格。他在微信朋友圈里写道："天气很冷，心很暖，加油！"这样的爱，吉克夫格总是在不经意间传递给身边的战友。他在工作之余去库房帮忙搬运物资，为战友送餐；战友过生日，身在病区的他用仅有的纸和笔手绘一个生日蛋糕，在零点为战友送上祝福。

这天，病区又有两名病人治愈出院，吉克夫格感觉自己比他们还开心。离开之际，他们恳请和医务人员合影留念，快门摁下的那一瞬间，平时很坚强的吉克夫格流下了眼泪。

那天晚上，吉克夫格下班时拍了一张照片：不远处的万家灯火安静地守护着武汉。

"每一处灯火，都是一个家庭。我想自己要更努力工作，去点亮更多的灯火！"

这是吉克夫格的期望。

在武汉大学人民医院东院区23病区，有一位持续消化道出血的病人。医疗团队尝试了很多办法，可依然无法止血。

"这不就是我的专业所长吗？"消化内科副教授邓凯听说后立刻提出，如果需要，可以做消化内镜来寻找出血点，进行止血。

邓凯特意查看了这位病人的详细情况，参加MDT讨论，得知现有的医疗措施都已经用过了，病人的血还是止不住。再次复盘病人的病史以后，结合以往积累的临床经验，邓凯想到有一种临床上很少用于这种情况的药还没有试过，叫特利加压素。于是他给这位病人上了最大剂量，病人当天出血稍有好转，但还是在出血。

这个时候，邓凯知道，不能一直干等到第二天。于是他迅速查阅相关文献和资料，了解东院区各相关科室在隔离病区开展消化内镜的流程、需要协调哪些部门，准备好所有的预案和备用预案，在病人需要时第一时间进行急诊内镜止血。

很幸运，病人的出血奇迹般地逐渐止住了，病情趋于平稳。

紧张了一晚上的医务人员深深地舒了一口气，说明特利加压素的使用对病人来说效果是显著的，这一点非常难得。这样一来，就避免了病人承受消化内镜的痛苦。

这个病人的复杂病情，让邓凯知道，即使是在传染病隔离病房，只要是病人有需要，他们是可以通过消化内镜去帮助病人解决问题的，这也使邓凯更加明确了自己来到这里的意义。

"邓老师，你义无反顾地提议要在新冠病人身上做消化内镜止血。这需要反复地往里面充气、吸引，在消化道完全暴露的情况下反复操作，这样气溶胶的暴露风险是不可估量的，你就不担心吗？你不怕吗？"有同事问。

我害怕吗？邓凯也在问自己。

"说实话我是有担心的,我也怕,但是职业的本能让我第一时间想到的是如何用我所能够想到和用到的方法去解决病人的问题,至于其他,根本没有时间去多想。但是如果让我再次选择,我想我依然会义无反顾地去为病人做这个治疗,那可是他的生命啊!曾经鲜活的生命,我也不甘心因为消化道出血而意外走到终点。我想,哪怕只有一丝丝希望,也值得我们每一位医务工作者拼尽全力去尝试!"邓凯坦言。

远征在外,邓凯很感谢家人的支持和理解。他们家有两个小孩,老大是儿子,还不到5岁,老二是女儿。

女儿在邓凯出发后的第四天开始发烧。

此时此刻,邓凯远在武汉,邓凯的爱人虽然也是医务工作者,但疫情期间忙于工作无法很好地照顾家里,孩子们由老人照看着。家里老人没太多的医学知识,孩子一生病发烧就很紧张,没了主心骨,手忙脚乱,匆匆忙忙想把孩子带到急诊科去。

"这个时候我的心里其实是非常愧疚的,作为父亲,在女儿生病的时候我因为在隔离病区并不知情,更别提帮什么忙了;作为儿子,在双亲奔走半生,正该安享天伦时我也没让他们省心,让他们跟着我一起为家里操碎了心;作为丈夫,我没能在这样特殊的时期陪在爱人身边,和她共同照顾家里的老小,共同撑起这个家。每念及此,我都不敢深想。"邓凯说。

3月2日是小女儿的生日,看见孩子在视频的那一端奶声奶气地说着"爸爸我想您了""爸爸要注意安全""爸爸要保护好自己""爸爸我们等您回家"时,邓凯就快控制不住自己的眼泪了。

邓凯知道,这个时候他不能哭,他是前线坚强的战士,战士是不流泪的;他是女儿心中伟岸的父亲,要保护女儿的父亲是不能在她面前流泪的。

"我想等到这次抗疫结束,等到儿女们长大,选一个阳光明媚的下午,给他们讲讲当年爸爸在武汉抗疫的故事。"邓凯说。

心理战"疫"：
陪你一起扛过艰难的日子

在武汉大学人民医院东院区23病区，杨秀芳可能是和患者说话最多的医务人员了。2月7日随华西医院第三批援鄂医疗队到达武汉的杨秀芳，是四川省援鄂医疗队中最早抵达武汉的心理咨询师，其工作主要是对重症病房里的患者进行心理疏导。

在对患者的治疗中，生理救治仅仅是一方面，对于很多与死神擦肩而过的重症患者来说，及时进行心理疏导至关重要。截至3月下旬，在武汉驰援的心理咨询师就有409名。他们为患者、患者家属，包括相关医务人员提供心理咨询。这场心战，同样不容忽视。

杨秀芳从事心理咨询工作已经8年。在奔赴武汉的前一天晚上，这位心理咨询师搂着因为分离焦虑而睡不着的7岁女儿，解释着妈妈必须去，这是职责所在。四川汶川地震发生后,杨秀芳给不少病人做过心理干预。

"在大灾大疫面前,心理创伤不能忽视,这一块我有经验,应该去前线。"杨秀芳坚定地说。

她的语调很轻,语速不紧不慢。在病房里,裹着严严实实的三级防护服,她的音调要比平常略高些,起起伏伏的声波钻进耳朵,有患者形容"像春风吹来",有的患者能在杨秀芳说出第一句话时即辨认出是她。

对患者来说,她的话不仅是信息的传递,也可以说是一副抗病毒的良药。

"这其实就是一种共情,去理解他,让他感受到我们是和他站在一起的。很多时候你站在那个地方,陪着他,没有语言就是一种语言。"杨秀芳说。在她的陪伴下,很多患者心理上的创伤也逐渐得到了矫治。出院之后,他们给杨秀芳发来感谢的信息。

"去倾听他们,如果他们愿意说,而不是去教会他们怎么做。其实他们自己真有很好的复原能力,只是要让他们学会怎样去察觉自己的情绪变化,很多时候人最大的敌人其实是自己。"杨秀芳总结道。

杨秀芳是跟随所在医疗队进入病房直接开展工作的,而蒋莉君在武汉的第一周几乎都在等病人。

蒋莉君是心理卫生中心主治医师,从事心理咨询工作12年。她于2月21日到达武汉,负责医务人员心理疏导工作。

根据安排,蒋莉君所在医疗队的50名心理咨询师分为10组,5人为一组对接一所医院或方舱医院,医务人员是他们首要服务的群体。

蒋莉君小组先是联系医院或方舱医院中的各个医疗队,发放心理量表对医务人员的心理状况进行摸底——有的医院领导或领队很配合,有的要求对这一心理量表中的某些问题进行修改,有的却直接拒绝了他们。

蒋莉君想出一个办法，她事先打听好所对接医疗队的换班时间，抓住时机和下班休息的医务人员聊天。心理咨询和心理干预最看重自愿原则，她主要是要告诉他们："如果需要，我就在这里。"

在蒋莉君接触到的医务人员当中，很多都出现了不同程度的失眠状况，有些甚至出现了急性焦虑症。

其中一位医生之前的工作地点是方舱医院，她需要指导所有出方舱人员脱去防护服。由于生怕自己的工作疏忽会造成其他医务人员被感染，长时间的精神紧绷直接导致这位医生急性焦虑症发作。医院为她调换了岗位，在心理咨询师的帮助下，她也找到了做运动、听音乐等一些自我疏解的方式。这位医生的状况在接受治疗的过程中渐渐好转。

有时，蒋莉君与队友直接在酒店大堂找处安静、隐蔽的地方开始工作。这些线上或线下、固定或流动的"心理咨询室"，像是病房外的一个个"方舱"。一些医务人员在这里卸下心理重负，他们可以哭，也可以大喊，卸下焦虑、脆弱和不安。

他们走出这里，眼神已恢复些神采，有的还和心理咨询师成了朋友。

蒋莉君统计，前半个月接受的1000多人次咨询中，医务人员约占40%。随着对接的医疗队陆续撤离武汉，蒋莉君也"光荣下岗"了。

叶嘉璐主要负责解决患者的心理问题。

"我吃了饭，碗都洗好了，就等小叶子给我打电话啦。"一位失去老伴的患者，在接通电话那一刻，就立刻告诉叶嘉璐。

叶嘉璐是心理卫生中心的心理咨询师，从事心理咨询工作已经3年。2月21日到达武汉后，她负责伤痛辅导。她的咨询者中，有些没有办法接受疫情中亲人离去的现实，叶嘉璐的工作就是要帮助他们度过这段哀伤期。

对于心理咨询师来说，面对面和病人进行沟通是主要的救治方式。但在疫情严重的武汉，因为感染管理的要求，大部分患者家属进行心理咨询都只能通过打电话的方式进行。对于要对逝去亲人的咨询者进行哀伤辅导的叶嘉璐来说，通过电话进行工作的难度更大。

每天的咨询在持续着。"要陪新冠肺炎患者、一线医务人员扛过这段艰难的日子。"叶嘉璐说。他们不会刻意谈到但也不会避免谈到逝者，即便谈到也更多的是宁静，而非悲痛。叶嘉璐在工作日记中写道："这是一场寂静的哀悼，通往满是希望的明天。"

战友情深：
岂曰无衣，与子同袍

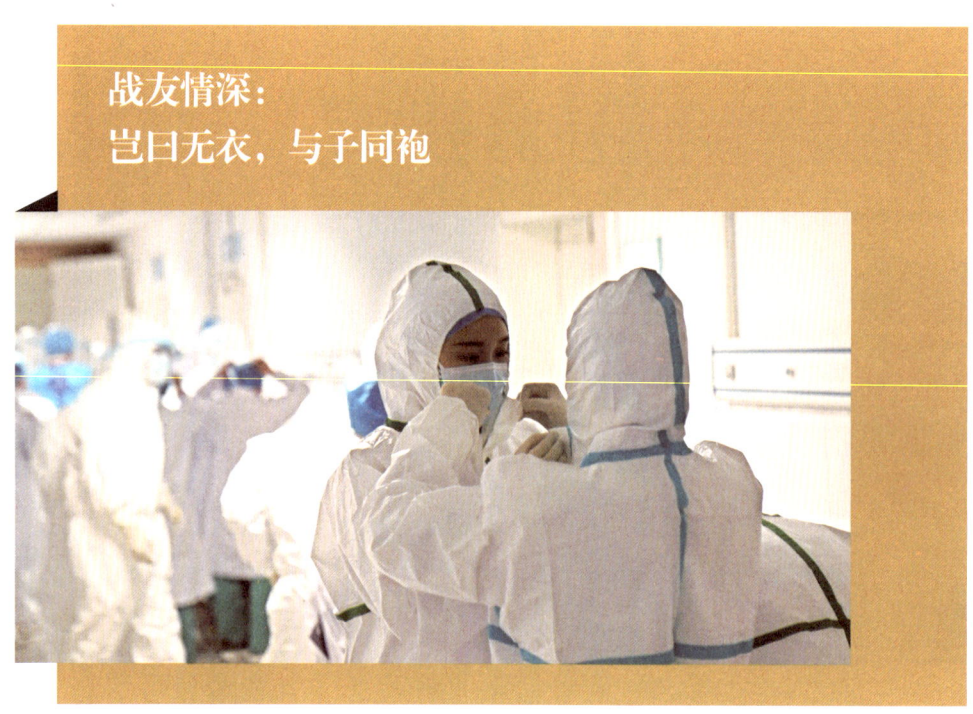

重症医学科护士卫新月刚到武汉的那一晚，心里其实是有点害怕的。她一整夜不敢关灯，迷迷糊糊中梦见了妈妈。

卫新月心想，这可能是没有告诉她自己来武汉的缘故吧。

之前，卫新月的妈妈好几次给她打了视频电话，她都没有接，或者说在填表，或者说在卫生间。卫新月第一次感到，撒谎真是一件让人难受的事。

到武汉上完第一个夜班后，卫新月回去洗漱完躺下已近清晨，窗外淅淅沥沥下着雨，空气中反倒多了一丝静谧。雨声依然让人安心，也让人睡得很沉。

进病房时，得穿防护服、隔离衣、四层鞋套，戴护目镜、两层口罩，必要时还要加面屏，严严实实，密不透风。

刚开始，卫新月感到头晕头痛，恶心反胃，一度以为自己要晕倒，稍微动一下汗水就顺着镜框、胸口流淌，同时耳郭痛、额头痛，脖子也痛。

卫新月在日记里写道：

院感管理老师帮我在衣服上写名字的时候，第一次觉得自己是不是瘦了些，伸手去摸肩胛骨发现它尤其突出。适应了一个多小时，稍微好了点。工作也逐渐步入正轨，一切都在有序进行。我每天下班都要接受酒精的全身洗礼，洗手无数次，洗澡2次及以上，用消毒剂把衣服泡到变色……这是为洁癖正名的一天。

过了几天，卫新月终于下了决心，还是打算让姐姐去坦白。一觉醒来，卫新月收到家里人的信息，发现家里人比想象中更支持和理解她，这让她感动极了。

此去一役，不知更待何时归。医疗队的很多战友都开始想家了。医疗队的微信群里面及时发了张物资清单，看到这些带辣味的商品名，群里瞬间热闹起来。薄虹医生诊断此为"辣椒戒断综合征"，可说是非常形象了。

卫新月感到非常温暖。

有求必应的总务老师们、如影随形的院感管理老师们、并肩作战的同事们都在这里。有时候会觉得，我们只是把科室从成都搬到武汉来了。接管病房后，病人看到我们衣服上写着"华西"，会问：是成都那个华西吗？我们回答：是的。病人会说：我知道那个医院，你们来了我们就放心了。我们不止一次听到类似的对话，感动之余，更感慨"华西"就是那个让我们骄傲的华西，让别人羡慕的华西，让病人信任的华西，庆幸有一个强大的团队、坚强的后盾。相信长风破浪会有时，定会直挂云帆济沧海。

到武汉的第八天，武汉出现八级大风，发布了暴雪黄色预警。卫新月从病区楼上望去，白茫茫一片，世界安静又祥和。

防护服之下汗水已经湿了一身,坐下写完观察记录又再凉透,这是工作中的常态。36床的婆婆,比卫新月第一次见她时好了很多。

下午,婆婆的家属送来一包日用品,婆婆从包里掏出两张信纸,把其中一张递给医务人员说,这是她的老伴写给他们的,谢谢他们。问了婆婆才知道,老伴也一个人在家隔离。另一张是老伴写给婆婆的。婆婆请医务人员给她念信。念毕,医务人员想要给两张信纸拍张照片,婆婆以为他们都要收下,赶忙把自己的那张拿了过去。医务人员解释后婆婆好像也没听懂,说:"那是你们的,这是我的。"婆婆太可爱,他们只好作罢。

卫新月在感动之余也感叹:风雪再冷,人心是热的,生活充满生机。

下班后走出医院5号楼时,风雪交加,路两旁已经积了厚厚一层雪,这是我长这么大见过的最大的雪了。我开玩笑说,武汉大学人民医院有那么多支援队伍,队服各式各样,看到下雪那么兴奋的,不用说一定是四川医疗队。

陡然间意识到已是2月中旬,雨水将至,气温即升,冰雪消融,大地复苏。春天就要来了,我想很快,我们就都可以回家了。

朱仕超在他的"援武汉随笔"中提到的"战友",指的是武汉的医务人员。

1月26日,医院感染管理部助理研究员朱仕超和队友们到武汉市红十字会医院对接工作。武汉市红十字会医院院长在礼堂接待了他们,他那有些哽咽的致辞,让朱仕超感动不已。

这家历史悠久的医院,在疫情发生后成了收治新冠肺炎患者的定点医院之一。

朱仕超看到,这家医院近800名职工已连续奋战近1个月,疫情的压力、物资的紧缺、病人的恐慌、连续鏖战的疲惫,让所有人员"苦不堪言"。有人快"倒下"了,不是因为被传染,而是因为高负荷的工作和精神的双重压力。但他们仍然在坚持，因为被感染的患者需要他们。

院长说的时候有些哽咽。而华西援鄂医疗队的到来，对他们而言无疑是雪中送炭。他对医疗队队员深深地鞠了两次躬。

"面对这样坚持的战友，我们没理由不尽力而为。"朱仕超说。

深入了解情况后，朱仕超更是体会到了这个医院所有奋战的医务人员的不易与艰辛。

在考察出入通道的时候，朱仕超见到一个正在擦拭消毒的白衣小姑娘，问她才知道她并不是保洁人员，而是医院的后勤部门工作人员。疫情来临的时候外包的保洁人员基本都走了，非常重要的清洁消毒工作只能由医务人员自行承担。当天才回来了10个保洁人员，但对于全院的消毒工作来说远远不够。而他们这些原本坐在宽敞明亮办公室的文员，也毅然走上了与病毒抗争的前线。

朱仕超并没有从她口罩下的年轻面容上看到丝毫的怨怼之情。

"我们医务工作者更有理由全力以赴，早日打赢这场战争。"朱仕超说。

朱仕超的"援武汉随笔"从1月25日开始，写到3月21日撤回成都之日，有近34000字。他笔下记录的感人故事，不仅有援鄂医疗队的，还有武汉医务人员的、病人的，甚至普通武汉市民的。

援鄂第五天　2020年1月29日

早上扛着我们医院送来捐给武汉市红十字会医院的去污地垫步行去医院。在出门的路口正等红灯，一辆出租车看见了，立即停在我面前让我上车，免费送我过去。师傅是地道的武汉人，戴着口罩。他说这段时间他都在免费接送援鄂医务人员，看到我穿的救援队队服又扛着东西，就立即喊我上车。在车上，他反复表达了对我们医疗队的感谢，语言质朴，却温暖人心。

援鄂第七天　2020年1月31日

病房中也在恢复着生机。之前的病房，病人太多，医务人员压力巨大，疲于奔命，与患者之间缺乏交流，病房里弥漫着恐慌和疲惫的情绪。在医疗队进入病房后，大家的压力减轻了许多。我们华西医疗队的医务人员，个个都是心理护理的小能手，除了积极协助和照顾患者的日常生活，还时常陪患者聊天，开解他们。渐渐地，越来越多的麻木脸庞上有了笑容。在昨天那位可爱阿姨的带动下，好多个房间的阿姨叔叔们都一起主动加油，还让大家整齐喊口号，请医疗队拍视频给大家加油鼓劲。

援鄂第八天　2020年2月1日

家中2岁多的小棉袄还无法理解什么是疫情和病毒，也不知道爸爸为什么每天只能在视频里与他们相见。不过，每每视频通话的时候，她还是会问：爸爸，你去什么地方了呀？是什么家吗？清脆的、还带着些奶气的声音，通过手机的电磁波，跨越了上千公里的距离，传送到了我的耳畔。很平凡，于我而言却是那么动听。偶尔，小棉袄也会因为爸爸没回家，流露出一丝丝哀怨或生气的情绪。小棉袄现在还无法理解，但爸爸相信，等小棉袄长大了，一定会为爸爸的选择感到骄傲。

这样的一幕幕，每天都在医疗队队员的房间里上演。我们华西医院呼吸科的护士老师谢莉8岁的女儿在她上班时，多次尝试跟她视频通话无果后，给她发来了这样一句话："妈妈，我想你，有成都到武汉那么远。"她听了潸然泪下。我们都是平凡的一员，有着平凡的家庭故事。每个人在这个特殊的环境下都无法不思念亲人。但每个人都仍然义无反顾地奋战在这里，不曾退缩。因为，只有暂时放下对亲人的思念，穿上白色战衣，才能给病房中那一个个带着苦痛的脸庞再次带来希望。

健康所系，性命相托，是职责，也是誓言。不一定多么崇高，却有让人坚持的力量。

援鄂第十二天　2020年2月5日

今天是个令人有些悲伤的日子。

我们华西医疗队的一位护士耀之老师最疼爱她的外婆去世了。

舍生忘死

出发驰援武汉之前，她匆忙地和外婆见了一面。90岁的外婆知道了自己从小带大的外孙女要去疫情前线，没有挽留，只是叮嘱她一定要保护好自己，还为她唱起歌儿给她壮行。外婆的歌声也许已不再婉转动听，但却充满了对外孙女的爱。

如今，支援前线的12天过去了，正如外婆期望的一样，耀之老师一切平安，我们医疗队的战友们也都平安如初。但老人却等不到疼爱的外孙女回去了。对耀之老师而言，世界上最疼爱自己的外婆离开了，自己却因为奋战在千里之外的武汉战"疫"前线，连送老人家最后一程都无法做到。

她哭了，哭得让战友们心疼。但疫情特殊时期，队友们也不能聚集起来去安慰她。连护士长冯老师想抱抱她也只能忍住，隔着口罩给她以眼神的鼓励。

她不哭了。她说，她要调整好状态，继续战斗！她一定会保护好自己，待平安归去的时候再去看外婆。

耀之老师，好样的！我想，这样也是对老人家在天之灵的最好告慰。

援鄂第三十三天　　2020年2月26日

今天，我们华西的战友银玲老师给我分享了一个她经历的暖心故事。

我们医疗队刚抵达病房的时候，有一位阿姨原本是车祸伤，但也不幸感染了新冠病毒。她的伤当时还很重，她几乎不能说话，嗜睡，只能喝营养液和奶粉。阿姨是个老师，性格比较安静，可能也是因为病痛的折磨，刚开始都不怎么愿意进食。不过在我们医疗队医生的治疗下，在护士老师的悉心照料下，她渐渐好转，现在已经可以进食盒饭。只是她的嘴因为车祸受伤，三餐都需要护士老师慢慢喂。一餐下来差不多需要50分钟到1个小时，护士老师喂饭的时候都得弯着腰，坚持一会儿腰就会特别难受。

银玲老师上班的时候经常照顾她。尽管说话有些困难，但阿姨还是会努力地回应银玲老师。好几次给她喂饭，喂到半个小时左右，银玲老师的腰弯得很痛了，就站直了撑一下腰，在闷热的防护服里长喘一口气。阿姨见了，就立马用能活动的那只手把手里擦嘴的纸巾扔到银玲老师端着的碗里，说吃饱了不吃了。其实银玲老师知道,阿姨当时的状态和心情,完全还吃得下,还能吃不少,但看着她一直弯着腰,很心疼,就故意弄脏自己的饭不让她再喂。银玲老师只好给她兑一些营养液,阿姨也总是很努力地快速喝完。

除了随笔,朱仕超还在网络上陆续发布了36篇沙画日志。

每天晚上,朱仕超结束了一天的工作后,都会给沙画师发语音日志,沙画师再根据他的语音内容设计制作成沙画作品。

"其实我讲的很多都是一个个的小细节,写出来也许并不多么动人,但却都是让我们医务人员倍感温暖的事。"朱仕超表示。

第一篇 待命

我是华西医院感染管理部的朱仕超,这是我来武汉支援抗疫前线工作的第一篇声音日志。大年三十一大早接到回成都待命的通知,我立即驱车从广元返回,再到除夕深夜,接到初一上午出征的通知,心情有些忐忑,也有些激动,但作为长期和各类病原体做斗争的专业人员,我们还是有足够信心的,所以请亲人朋友们放心!

第七篇 好心的司机们

我们重症医学科尹万红老师今天跟我分享了一件暖心事。他下班步行回驻地的路上,一个骑电动车的大叔看他穿着救援队服,就赶紧停在他面前,想送他回去,就跟前天我碰到的出租车司机还有私家车小伙一样,他们都用质朴的举动温暖着前线医务人员的心。

第十四篇 这场"会师"不一般

今天,我们华西医院第三批医疗队130名队员已抵达武汉战"疫"前线,看着队伍誓师出发的视频,尽管已来一线14天,但依然看得热泪盈眶。华西医院和齐鲁医学院在机场的偶遇会师也看得人心潮澎湃,紧接着协和来了、湘雅来了,复旦、中山也来了，各大医学名校齐聚武汉，携手战疫情，全国各地还有更多的战友也来了，战疫情的一线力量越来越壮大。

第十五篇　梨花和桃花都开了

从武汉市红十字会医院下班出来的时候，猛然发现，医院前面的一片绿地里，梨花和桃花都开了。前几天的一场春雨尽管有些微冷，还是给这个春天带来了勃勃的生机。尽管阳光还没有再次洒满这片煎熬中心的土地，但终究是开花了。在我们华西医院牵头的病房中，好消息也在增加。出院的患者越来越多，我们收到的患者的感谢也越来越多。

第三十四篇　我们都一样

武汉依然在封闭管理之中，不过路上的车辆已经多了起来。据司机大哥说，这些多是运输物资和后勤保障的车辆，它们为这座依然在封闭中的城市撑起生命的蓝天。路上还有快递小哥，冒着风雨运送快递。这些人尽管不像白衣战士在病房里和病毒做斗争，却也是为战胜这场疫情提供生活物资不可或缺的力量。各地还有新的战友来援，有生力量的加入，能很好地缓解鏖战时间已久的前线战士的疲惫。

第三十六篇　这份礼很轻也很重

在古人的诗里，黄鹤楼的三月是"烟花三月"。此时顺长江而下，必定是草长莺飞的江南春光。武汉大学人民医院东院区一位即将出院的阿姨用了一周多的时间，精心剪裁，剪出了几份精美的剪纸，在出院前送给华西医疗队的医务人员，以表达自己的感谢之情。

剪纸很轻、很薄，却承载着一份厚厚的情谊。

最大的那张剪纸中间，是我们两个白衣战士穿着防护服的形象，眼神里充满坚毅和执着。正是这样的眼神，带给患者安心。

来自患者的回馈，即便不是这样精心准备的礼物，而只是一封简单的感谢信，哪怕一句简单的"谢谢"，也能让白衣战士感动许久，给坚持奋战的心带来阳光。

"奋战在武汉一线的不仅有医务人员,还有快递员、司机、外卖小哥。我们不是超级英雄,大家都很平凡,但不可或缺。"朱仕超说。

在全国人民的努力下,武汉的情况一天一天地好了起来,朱仕超在随笔中的记录也越来越轻松。

援鄂第四十八天　2020年3月12日

根据昨日的新增确诊数据,两个月以来,湖北的确诊病例首次降到了个位数,向"零增长"又迈进了坚实的一步。而湖北以外的地区多数都早已复工复产,恢复了往日的热闹。更有诸多城市新冠肺炎病例彻底"清零"。

援鄂第五十天　2020年3月14日

武汉的新增确诊数据稳定在了个位数,我们援助的武汉市红十字会医院的抗疫之战也取得了阶段性的胜利。随着湖北省抗疫指挥部将新冠肺炎患者集中到10家定点医院的措施的展开,武汉市红十字会医院的患者渐渐转了出去。

援鄂第五十三天　2020年3月17日

今天又是个相当好的日子。天晴得像高原上的蓝天,处处花开,沁人心脾。整个湖北新增确诊1例,新增疑似终于为"0"。新增确诊为"0"的终极拐点不远了,真为这座经受苦难的城市和城里还在顽强坚持的人们高兴。

随着新冠肺炎病例的减少,武汉的抗疫之战取得了阶段性的胜利。在党中央的统一安排下,援鄂的医疗队队员今天正式开始分批撤离。第一天撤离的有41支国家医疗队的3675人。四川医疗队撤离了援助方舱医院的第六批医疗队303名队员,全体平安而归,由衷为他们高兴。

4月7日,华西医院留守武汉的最后一批141名援鄂医疗队队员,在完成光荣使命后返回成都。至此,华西医院援鄂医疗队174人全部凯旋。

舍生忘死

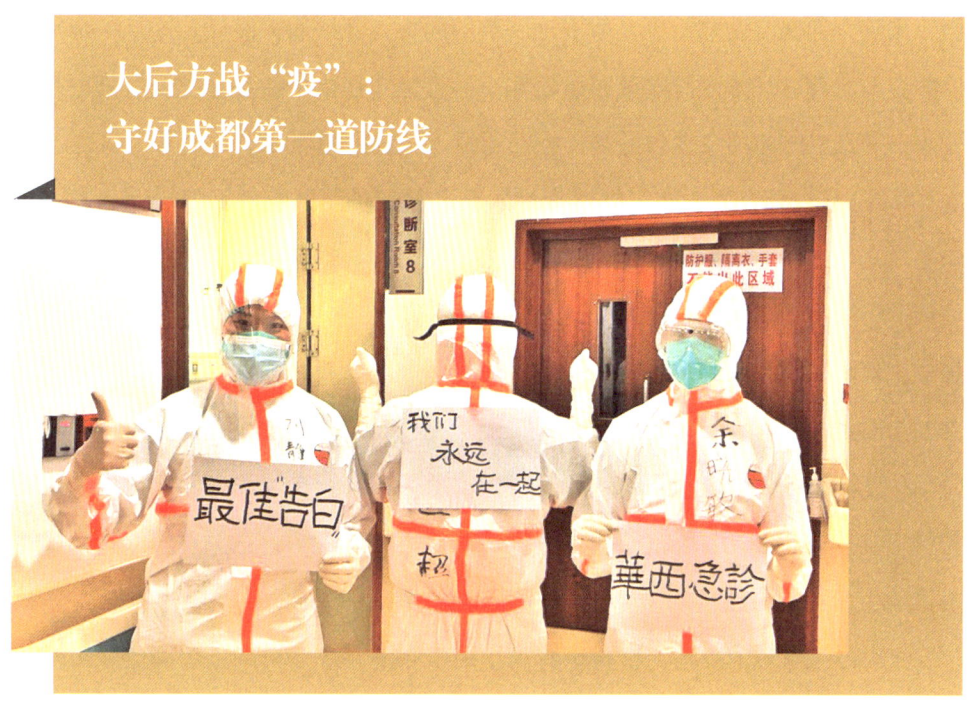

大后方战"疫"：
守好成都第一道防线

在成都大本营，有一支队伍始终坚守岗位。他们一周7天，一天24小时，日复一日，不曾懈怠一刻，努力守好大后方成都的第一道防线。

这就是华西医院急诊科。

说起急诊科，华西医院的医务人员都会会心一笑——急诊科都是老先进了：

2019年4月，急诊科荣获"全国工人先锋号"先进集体称号；2017—2019年，连续3年位列"中国医院科技影响力排行榜"急诊医学学科第一名；2015年5月，荣获"四川青年五四奖章"集体奖……

急诊科招之即来、来之即战、战之能胜，一项项有力的措施，让这支拥有丰富应急救援经验的英雄团队，成为疫情防控阻击战中的"桥头堡"。

2020年1月17日晚上10点，华西医院急诊科主任、党支部委员曹钰穿好隔离服，来到华西医院发热门诊，替下上一班的同事，开始通宵值班。这是一个不一样的春节，曹钰和她的同事放弃了轮休，一直坚守在抗击新冠肺炎疫情第一线。作为一名从医25年的急诊科医师，她已习惯了这样的担当。

早在1月17日上午，四川发现确诊病例之前，华西医院就迅速行动起来，组织了"全国不明原因肺炎培训及讨论会"。会后，急诊科第一时间启动开设发热门诊的各项准备工作，并组织管理小组人员和首批发热门诊医师进行新冠病毒防控知识培训，包括防治知识、个人防护用品穿脱等。夜间，发热门诊正式开诊，并24小时开放。

在疫情还不太被全国人民了解的时候，急诊科已经在医院多部门指导和全院各科室支持下，全力参与到新冠肺炎疫情的防控战斗之中，守护着成都乃至四川人民的生命和健康。

面对迅疾发展的疫情，在科室管理小组带领下，急诊科从思想动员、防控设施管理、诊疗制度制订和完善、物资筹备和管理等方面多管齐下，全面布局，逐渐将新冠肺炎分检筛查流程完善化、科学化。

为尽量减少院内交叉感染，快速准确识别和救治新冠肺炎患者，急诊科不断优化发热预检分诊和发热门诊设置，建立"双诊室"，让有流行病学史与无流行病学史的发热病人分开就诊。在此基础上，急诊科对防控应急预案和防控流程不断进行梳理、更新和优化，最终形成了高效、规范的发热患者三级分诊制度，保证对病人的科学分流与救治。

急诊科分别于1月22日、2月5日、2月13日，对发热预检分诊和发热门诊进行搬迁、拓展，并设置独立的急诊单流向医务人员、普通病人、发热疑似病人"三通道"管理防控，在每个通道对每个进入人员进行初次筛检。还设置发热抢救室，保证危重发热患者得到及时抢救。设置应急帐篷，为在寒冷冬日候诊或接受观察的发热患者遮风挡雨，提供人文关怀。

发热门诊24小时运转，日间的值守医生来自全院各科室，其中不乏科室主任。急诊科承担了发热病人分检、发热病人抢救和夜间发热门诊筛查的值班任务，科室主任、党支部书记带头值守。

每天晚上，都是急诊科青年医务人员的"不眠夜"。面对众多的发热病人，他们一方面细心检查、仔细了解流行病史，另一方面耐心答疑解惑，做好患者的心理抚慰工作，引导患者理性面对、科学防治。早期值班过程中，医务人员努力克服防护服、口罩等防护物资紧缺的困难，不顾长时间戴口罩造成的鼻梁压疮、面部血痕，甚至为了节约防护服，经常连续8~10个小时不吃不喝，穿着成人纸尿裤坚守在发热门诊一线。

疫情期间，为尽量减少院内交叉感染，对发热病人的分诊引流、快速准确识别和救治是极其重要的。很多危重的、需要抢救的病人进入医院首先也是由急诊科来接诊。在急诊科这样一个三百多人的战斗堡垒里，评估、诊断、医疗、抢救、护理，各环节必须协同联动，高度负责，才能保证工作的高效运转。

与急诊科一样，实验医学科也在为守好成都的第一道防线奋战着。

除夕之夜，实验医学科大楼灯火通明。作为一名党员，已经连续上了好几个夜班的周燕虹教授此时心里还惦记着另一位也连续奋战了几天的同事，为他煮了一碗热腾腾的汤圆送过去。

这位同事就是实验医学科主管技师王旻晋。作为负责新冠病毒核酸筛查的主管技师，王旻晋在通宵工作后，看到检测样本量陡增，于是选择留下来继续分担检测任务。

"能够进行此项检测并审核报告的技术员只有4~5人，我是一名共产党员，我必须留下来。"他身着隔离服，隔着玻璃写下"我很好，请组织放心，保证完成任务！"的决心。

新冠病毒核酸筛查是一项难度极大的工作。

"接触的病人是未知的,所有的检测都得当作确诊认真对待,精神一直处于高度紧绷状态。从样本的检测到分离,都是纯手工操作。"

王旻晋深知,这项工作意义重大。

"这是第一道防线,如果漏掉了潜在的传染源,后果不堪设想。"王旻晋说,"对病毒的核酸进行分离,对病毒的基因组进行鉴定,是确诊是否感染新冠病毒的金标准。"

2020年1月18日,华西医院的专家利用已建立好的P2+实验室平台(二级生物安全实验室)开始开展新型冠状病毒核酸检测,该实验室成为四川省首家开展新型冠病毒核酸检测的实验室。

实验室在疫情发展和检测过程中,不断结合特殊案例分析流程中可能影响结果的操作步骤,进一步完善和规范操作规程,保证提供精准的检测结果。

王旻晋与同事应斌武、陆小军、宋兴勃牵头成立科研攻关小组,在完成大量核酸检测工作的同时,开展相关研究工作,为临床诊治和防控提供新的指导。王旻晋记得,从1月中旬到现在,他几乎每天都在工作。最忙的时候,曾经3天只睡了七八个小时。最高峰期间,病人1天达到700人次。2月16日,为帮助提高核酸检测的效率,王旻晋随医疗队支援了成都市公共卫生临床医疗中心(简称成都市公卫中心),于2月20日返回华西医院。

在外界看来,核酸检测的主要意义是确诊。其实,确诊了的患者也需要进行多次核酸检测,以检查治疗效果。

据初步统计,截至目前,实验医学科共计进行核酸检测约25000人次。"以前都是默默无闻的,很少有人关注实验室工作。"王旻晋觉得,如今,实验室的重要性凸显了出来,实验室工作人员和相关专业的学生对自己工作的价值、职业理想、职业成就感都大幅度提升了。

2月15日深夜，头颈肿瘤科护士范红英终于接到了护士长的电话——不是去援鄂，而是去支援成都市公卫中心的重症病房。

"等了半个多月，终于可以去抗疫一线了，尽管没有去成武汉，但成都市公卫中心也是抗疫的最前线，成都与武汉只不过是灾区与重灾区的区别，每个新冠肺炎患者都需要我们。"范红英说。

她在日记里记录了在成都市公卫中心的战"疫"情况：

2月16日　奔赴抗疫最前线

上午再次参加了医院穿脱防护服的培训，下午1点科室主任、书记、科护士长、护士长和家人来为我送行。带着大家的祝福，我前往成都市公卫中心。

下午2点到达酒店把行李放好，我们就马上去市公卫中心参加培训。培训完回到酒店，每个人都在很认真地反复练习穿脱防护服，保护好自己才能更好地为病人服务。

晚上11点收到排班表，由我担任护理2小组组长。为了了解组员的基本情况，我加了大家的微信，建立了微信群。这一系列的事情做完，躺在床上已经是凌晨1点多了。

2月18日　组长就应该冲锋在前

抗疫第一天，进病房后一切都很陌生。公卫中心的蒋莉老师带领我们熟悉环境，传染病房和我平时所在的普通病房区别很大，清洁区、污染区、半污染区都要严格进行划分。

医务人员进病房及传递间都需要穿防护服。已经练习过那么多次，在护理岗位上也已经工作了十余载，我以为自己已经做足了准备。但是这次的防护服对我来说简直就是"暴汗服"，做操作时能感受到汗水顺着眼角往下流，模糊了面屏,处于生理期的我还垫着尿不湿,本来只有4个小时的早班,等交完班已经过去了5个多小时,脱下的防护服和手套被汗水浸湿,脸上被护目镜和口罩压出深深的痕迹……真的很累,但是身为组长的我就应该冲锋在前,就应该在最危险的岗位上奋战。

等洗漱消毒完,差不多到下午2点才准备吃午饭。我们小组由3个医院的老师组成,为了以后和组员老师更加愉快地合作,我利用微信群了解每位老师的工作情况,因为在群里大家可以更好地交流,提出自己的意见。

想到第二天要搬病房,用华西的系统了,有"华西强迫症"的4位老师主动申请去做前期工作。在几个小时高强度的工作后,大家还利用自己的休息时间去帮忙,不得不说"华西人"就是牛!

2月19日　用心照顾好每一个病人

我提前到科室把每位老师的岗位和所管床位安排好。我们不仅要对患者进行相应的治疗,还要做好基础护理,对需要定时翻身和定时排痰的病人,整理相应的计划并签字。5床是一位74岁的婆婆,长期卧床。我教她做我们肿瘤科老师自创的血栓操,她说她好久没有活动过了,这样一锻炼感觉舒服多了。由于隔离病房具有特殊性,这些病人平日都得不到家属的探视。看到很多病人的胡须都已经很长了,田圆老师细心地为这些病人剃胡须。剃完胡须的他们看上去精神了很多,心情也好了不少。

2床是一位82岁的新冠肺炎合并有糖尿病、慢性肾病的婆婆。下午3点左右在血液透析快脱机时,血压突然下降,需要快速补液,同时需要使用多巴胺升压,但是她当时只有一个外周静脉通道,而且血管条件很差。作为肿瘤专科护士的我,第一时间通知了主管医生,建议进行深静脉置管。医生经过讨论后,同意置管。医生在做进病房前的准备工作时,我已经准备好了置管所需用品,接下来的置管过程进行得非常顺利。

2月20日　忙乱而充实

忙乱而充实，差点窒息。今天来到病房后，上个组的老师留下来和我们一起搬病房，这已经是公卫中心的老师第4次搬运病人了。在他们的指导下，我们先搬运病情相对稳定的病人，后搬运重症病人。

搬运最后两名重症病人后，还需要搬运很多物资。我们加快脚步，甚至小跑了一段。在搬运大件物资时，我在电梯里感到头晕、呼吸不畅、两眼模糊，感受到汗水顺着身体流进手套和鞋子里，浮现出一种窒息感。我扶着墙休息了片刻，等稍微缓解了一点，再拖着疲惫的身体继续搬运物资。

物资搬运完后，还需要收拾整理垃圾，清洗病员服、床单、被套。等一切安置妥当，我督促管床老师还要把所有线路和管道整理整齐。这时每个柔弱的女子都变成了"女汉子"。

交完班走出病房已经快晚上11点了，口干舌燥的我一次性喝下了700ml的"救命水"。洗漱的时候才发现脖子被口罩勒出了一期压疮。我躺在床上想了很多。

2月21日　团队是工作的基础

一直有早起的习惯，今早虽然醒了，但感觉自己筋疲力尽，根本没有力气起床。昨晚睡得很不踏实，梦里全是工作的事情：如何快速解决现在这种忙而乱的情况，如何才能有华西特色的流程……越想越觉得压力大，眼泪不自觉地顺着眼角流了下来。等肚子饿得咕咕叫，才拖着疲惫的身体起来洗漱，兑了一杯姜书记买的蛋白粉喝。

大家的压力都很大，晚上6点半开了华西组长会议，大家畅所欲言，讲工作中遇到的问题、困难以及需要改进的地方……护士长耐心听完了所有人的意见，对之后的工作流程进行了改进。

晚上10点，我进入病房，像往常一样把当班工作分配好。这个班次的任务其实相对会比较轻松，但是对我这种爱收拾、有强迫症的"小蜜蜂"来说，是闲不下来的。由于前一天刚搬了病房，外走廊的物资摆放还是很乱，我将它们分类整理好，还带着组员一起制作了小斜挎包，用来放对讲机、笔、纸。

下班换好衣服，我发现双手被汗水浸泡已经脱皮了。但是为了之后的工作能快速高效地完成，我找公卫中心的老师一起商量制定了详细的工作流程。团队是工作的基础，具备融洽的工作氛围、舒心的工作环境和合理的工作流程才会提高工作效率。

2月22日　都会好起来的

早上5点半才睡觉，9点多就因眼睛痛醒过来。眼睛很痛，一睁眼就流泪，我心想：天呀，我的眼睛会不会瞎呀！心里很害怕。我立马给眼科的闺蜜小韩打电话咨询，然后让医生帮忙开了药，又联系谭老师帮忙送药过来，全程不到1个小时。虽然他们不在前线，但是他们为我们提供了有力的后勤保障。

想起来已经离开科室好多天了，还没有主动汇报过情况。我给陈华英护士长打了一通电话，讲述了在公卫中心的种种体会。挂掉电话以后，感觉心里空荡荡的，像是离家的女儿，超级想念科室的姐妹们。

晚上看到护士长的微信，说要来给我送一些生活用品。没一会儿就接到她的电话，我赶忙下楼，在酒店门口见到了她。我让她离我远一点，她不愿意。她过来看我脸上的压伤，能感觉到她的心痛，真的像妈妈对女儿一样，此时的她肯定是想给我一个大大的拥抱。我们都舍不得离开，但是时间太晚了，我等会儿还要上夜班。把她送上出租车后，我很是不舍地远远看着她离去。

2月23日　轻松的一天

凌晨2点被闹铃声吵醒，该起床上班了。真的舍不得离开温暖的被窝。下楼后司机师傅早已在酒店门口等我们了，上车时师傅会对每个人亲切地说："老师，辛苦啦！"我每次听到这句话感到整个世界都是温暖的。到了医院，师傅还会对每个人说："老师，慢走！"我每次都会对师傅回一声"谢谢"。这一句问候，仿佛就会让人重新蓄满能量。在很多看不到的地方，还有很多以自己的方式拼尽全力的不同行业的奉献者。

舍生忘死

我们组员关系都很融洽，大家在工作中互帮互助，下了班我们组10个人一起去注射了医院准备的胸腺素。回到酒店刚洗漱完毕，就接到丈夫的电话，说从老家给我带了甜皮鸭，还带着女儿和爸爸妈妈一起来看我。他们的心情我能理解，我也很想他们，半个月没见的女儿看到妈妈是多么的开心，但是为了他们的健康，我远远地看了看他们，就让他们赶快回去了。

今天大概是我来这里后感觉最轻松的一天了。上楼跟小伙伴们分享了美食后，就去补觉，这一觉没有吃药也睡得非常香。刚睡醒不久就听到门铃声，开门发现是娟姐。她话很多，跟我一样性格外向，和她聊天时间过得很快，整个人也都放松了下来。

"人们在还能笑的时候，是不容易被打败的。"一个一方有难八方支援的国家，一个一呼百应众志成城的民族，不会被打败。等熬过这段艰难岁月，我们会像往常一样大口呼吸，毕竟这个世界如此和颜悦色。

"待到蓉城疫情除，举杯尽醉花香处。"范红英在日记里这样说。

范红英所在的医疗队，是华西医院派驻成都市公卫中心的第二支新冠肺炎疫情防控医疗队。

早在1月29日，在四川省医疗救治专家组常务副组长、教授梁宗安带领下，重症医学科王波副教授、王春燕护士等与其他华西专家共11人紧急支援成都市公卫中心。

成都市公卫中心是成都市新冠肺炎患者定点收治医疗机构，成都市所有重症、危重症新冠肺炎患者都转入这里接受治疗。1月16日，一名三十多岁的患者由一家综合性医院转到这家医院，他的到来拉开了成都战"疫"的序幕。

3月19日14时30分，成都市公卫中心最后3名本土病例康复出院。这些成就的取得都来自华西医院和成都市公卫中心的共同努力。

后勤保障突击队：
让医务人员实现拎包出征

在采访援鄂医疗队队员的时候，总能听到这样的声音：

"还有一点让我们感受深刻的是，当我们初到武汉，在其他医疗队各种物资匮乏、后勤物资吃紧的大环境下，华西后勤的物资保障已经随队一起抵达医疗队驻地。"王维说。

"医院为我们准备的生活物资比想象中更全面，秋衣、秋裤、外套、外裤、工作服都带了过来，巧克力、方便米饭、茶、咖啡，每人都有份。衣食无忧，才让我们没有后顾之忧。"重症医学科护士吴孝文说。

"能让临床老师满意，我感到很开心。自疫情发生以来，我们整个部门都是连轴转的工作状态，我们肩负物资保障的重任，为抗疫一线的工作人员准备物资，我们义不容辞。"雍鑫停顿了下，继续说，"这是全院的努力，是部门每一个工作人员努力的结果。"

雍鑫是设备物资部党支部纪检委员、采供科科长,在医院进入"备战"状态后,整合部门人员第一时间启动了防护物资紧急采购流程,24小时随时待命。他为自己所在的团队感到自豪。

"此次物资供应,我们的应急反应算是比较快的。"雍鑫说。

2020年1月17日,在接到有关疫情防控信息后,医院防护物资用量突增,库房总管吴蓉老师出于职业经验,提出要紧急采购防护物资。采购员赵晓宇火速联系了系统里二十多家应急供应商,在供应商反馈信息后发现,防护物资已经开始紧缺。

因疫情开始时,医院采取了较高等级的防护措施,对防护物资的分层分级使用方案尚不明确,造成防护物资消耗较快。1月23日,华西医院副院长黄进组织相关部门制定了防护物资的使用标准,针对不同科室、接触感染人群风险程度,规范防护物资的使用,比如一线的发热门诊、传染性疾病中心、隔离病房等直接接触确诊、疑似患者的,才使用医用防护级别的N95口罩、防护服。

此后,护理部将各个科室原有的防护服、防护口罩收回设备物资部库房,统一管理,每天发放。各科室要说明科室的人数、接诊情况,经院感管理部评估后,才能领用。库房的小黑板实时更新每天所需的物资发放、领取情况,以及各个科室需要的物资情况。最高防护级别的口罩、防护服,优先保障发热门诊、隔离病房的医务人员。其他科室部门,经与医院感染管理部沟通,在KN95口罩外,套上一次性医用外科口罩,"升级"防护能力。

1月24日,医院第一批援鄂医疗队组建,带走了全院近三分之二的防护物资库存。

"那段时间,眼看着库存见底,我们的压力非常大。"雍鑫回忆道。

黄进副院长直接坐镇指挥,扩大了供应范围。供应商、海内外校友、医院所有职工都参与到了这场防护物资"大搜捕"中。

有的同事开着车到周边的工厂，守着口罩和防护服的生产线，生产一批抢购一批。有的同事发微信朋友圈求助，效果还不错，真有热心人提供了质量不错的防护物资货源。

除此之外，部门成立了一支青年突击队，由共产党员、入党积极分子、共青团员等26位青年先锋组成。青年突击队根据保障的内容分为采购、物资发放、医学工程、报关、捐赠和外派医疗队物资保障6个小分队。

在货源紧缺、厂家停产、物流停运的情况下，青年突击队制定应急防护物资采购流程、海外应急物资采购标准和制度、物资管控发放方案、接受对外捐赠流程等，多渠道、多方位协调和调拨境内外物资，有效保障了临床科室防护物资供应。

青年突击队为了拿几套、几十套防护服或口罩，凌晨两三点还守候在机场的情况时有发生。正是这样的"涓涓细流"让医院度过了最关键的5天，直到海外采购的700套防护服到货。

防护服的到来为医务人员解决了难题。物资补充后，经医院感染管理部审核资质，可在应急状态下使用，供应量由原来的每天60套增加为110套，保障每名医务人员在工作间隙可以喝一次水、上一次厕所，再更换防护服。这些看似微小的事情，都需要设备物资部精心的考虑和准备。

最让雍鑫印象深刻的事情发生在2月6日。晚上9点，他们接到紧急通知，为第二天出发的130名援鄂医疗队队员准备生活物资。

生活物资怎么选择？

"一是根据以往的经验，二是设身处地地想一想，如果我在武汉，会需要些什么。"雍鑫说。

除了考虑温度低需要保暖物资，在一线洗衣服不方便、不安全也被考虑了进来。因此，一次性内衣裤也被列入了采购范围。

青年突击队又一次出发了。

大晚上到处找还没有关门的商店,第二天天不亮就去商场、超市蹲守,开门便去抢购。

"内衣内裤涉及尺码不同,购买尤其费时费力。"雍鑫说,"部门有位叫谢成的同志,当时负责内衣裤采购,因为尺码没有抢购齐全,非常自责。工程师张旭林准备物资到凌晨三点半才结束,困到直接倒在物资箱上睡着了。"考虑到武汉当地的天气,设备物资部贴心地为队员们准备了秋衣裤、加绒外裤、电热毯……担心队员们吃得不习惯,还特地为大家准备了自嗨锅、泡凤爪、麻辣牛肉等川味食品。

尽管经历波折,青年突击队还是保证了物资及时抵达武汉。

物资清单着实令人吃惊。整整155项,分为一次性防护用品、可复用防护用品、消毒产品、医用耗材、检测物品、民用物品、衣物、洗护用品、女性专用品、男性专用品、华西文创、家用电器、信息设备、食品14类。洗护用品中,常用的牙膏、牙刷、洗发水、沐浴露自然有,满足不同需求的防晒霜、润肤露、润肤水、生物膜、护手霜也有。

更让人赞叹的是食品这一类。泡凤爪、酸辣粉、麻辣牛肉,可以让医务人员在繁重的工作之余,用来加餐充饥。各类火锅底料、辣椒面等让医疗队在武汉也可以吃到家乡的味道。"90后"情有独钟的辣条也被列入了清单。

"真正让我们的医务人员实现了拎包出征。"雍鑫说。

给人们带来温暖的志愿者

朱国念与丈夫何雪飞，也在抗疫一线实现了"会师"。

夫妻俩都在华西医院的科研基地工作，朱国念在公共实验技术中心，何雪飞在系统遗传研究院，两人都是科研实验技师。

"很惊喜。"朱国念说，"能够在一起并肩作战，当时就挺开心的。我们终于可以在抗疫一线贡献一点力量。"

当时，朱国念和何雪飞分别扫码报名参加志愿者，却恰好被安排在了一起，同一个班次，而且还是同一个岗位。真的是很难得！

2020年1月24日晚，正是阖家团圆的大年三十，华西医院团委接到上级关于启动新冠肺炎疫情防控应急志愿服务工作的通知后，立即通过各团总支、团支部和学院青年志愿者总队面向医院全体青年师生发出了参与医院新冠肺炎疫情防控志愿服务的号召。短短两天时间内便收到616人的报名信息，其中职工500名（大部分为医院临床一线青年员工），校内大学生116名。1月26日上午，院团委和医院感染管理部一起为首批74名到岗志愿者进行了服务内容及感染防护的岗前培训；当日下午，首批16名志愿者于急诊上岗，医院应急志愿者正式开始战"疫"。

朱国念就是这批志愿者中的一员，她参加了总计30个小时的志愿服务。"疫情发生后，冲在一线的大都是临床工作者，我们感觉有些出不上力。"朱国念坦言，"于是我就希望，在完成科研本职工作的情况下，能够为临床做更多的事情。"

科室复工后，朱国念就回到了工作岗位。她开始协调科研基地，一起参加志愿服务。

"希望能够起到吸铁石的作用。"朱国念说。目前，在她的协调下，科研基地共有200人参加，共服务了1500个小时。

作为科研基地的志愿服务总协调人，她需要考虑很多。有时候，已经安排的志愿者临时因为本职工作的需要去不了，她就得立刻协调其他志愿者，实在不行，就自己顶上。"我们的志愿者，工作那么忙还积极地报名，他们会更辛苦。自己能贡献点力量也是很开心的。"朱国念说。

在不加班的周末，朱国念也会直接参加志愿服务。门诊、急诊、住院部每天都需要大量的志愿者。

志愿者所面临的，也是未知的风险。他们也需要全副武装，防护服、口罩、护目镜、鞋套，通通都要装备。

为了节约防护服，他们甚至在上岗之前的2个小时内都不敢喝一口水。

有时候，他们匆匆结束了本职工作，甚至来不及吃一口热腾腾的晚饭就要投入忙碌繁杂的志愿服务工作。从华灯初上到夜深人静，有多少像朱国念一样的志愿者，为保一方安康奋战在第一线。

青年战"疫"

朱国念的本职工作主要是为检测试剂盒提供技术服务。何雪飞的主要工作是分析检测结果为阳性的样本，为后续治疗和预防提供理论及技术支撑。"我们做的是基础研究，没有想到可以直接应用到临床上。看到能救助别人，每出一份力，都是对自己的肯定。"朱国念说。

志愿者中不仅有华西医院的职工，更有"华二代"。刚满18岁的赵思涵就是其中的代表。

赵思涵从初中开始就参与医院的各种志愿服务。在这次疫情面前，她也积极报名参与志愿服务，值班当天正好是她18岁的生日。

18岁生日应该是什么样子的？蛋糕、礼物、派对，还是精心策划的成人礼？"华二代"赵思涵的18岁，却和想象中的有些不同。

她穿着防护服，带着护目镜、口罩，有点喘不过气来。"防护服将全身上下裹得严严实实，感觉自己像被放入蚕茧中的蚕蛹，不能自如活动；说话呼吸幅度太大护目镜会起雾，因为防护服和口罩将耳朵与口鼻捂得严严实实，说话非常费力，还不能顺畅交流。"

赵思涵的任务就是在医院门口给每一位前来就诊的病人测体温，排查是否有发热病人。这份宝贵的志愿服务经历是她给自己成人仪式的最好礼物。

赵思涵说，每个人只有一个18岁，在她自己的脑海里不知道已经描绘了多少次18岁成人礼时的场景。而这样的成人礼让她明白了"自己独立做的选择，自己负责"。赵思涵的父母都在华西医院工作，疫情来临，父母都非常忙碌。赵思涵觉得，要和家人一起"战斗"在自己的岗位上。当听说医院需要志愿者，赵思涵立刻报了名。

"好有意义啊。"赵思涵非常激动地说。

后来她才意识到，这也是有危险性的，但还是去了。她在日记里这么写道：

舍生忘死

忐忑是有的，因为在最应该跟陌生人保持距离的时候，我选择了直面接触；枯燥也是有的，第一次裹着厚厚的防护服，腰酸背痛，脸被口罩和护目镜压得难受，"度秒如年"。但是，内心一直有一个声音在说：坚持一下，再坚持一下。我的力量，还做不到能够像医务工作者一样无畏逆行，但是此刻，我站在这里，没有后退，本身就是对就诊病人小小的守护吧。

一站就是4个小时，重复着单一的动作，赵思涵累极了。

"我们的工作虽然看似简单枯燥，但其实非常重要。"赵思涵清楚她所做工作的重大意义，"医院门口测体温的志愿者，充当了整个医院的第一道防线。我和伙伴们能够尽微薄之力，减少发热病人接触到医院更多人的概率。"

"害怕是肯定的，在第一次的时候。18岁，还是可以做很有意义的事情。"父母，是孩子最好的老师。

"我的父母工作非常认真。"谈到父母，赵思涵一脸的骄傲，"有时候我到他们办公室找他们，发现他们工作很忙，事情很多，但都有条不紊地做好。他们经常把工作带回家，很辛苦，但可以克服。"

父母身上的华西文化，也在潜移默化中时时刻刻地影响着她。

"这也算是到目前为止人生最难忘的经历了吧。"赵思涵说。

像朱国念、何雪飞、赵思涵这样的志愿者还有很多，他们身上有许许多多温馨的小故事，这些故事看似微不足道，却在此时此刻犹如黑夜的繁星，给每一位与疫情抗争的人带去一丝光明。

何思科是本次战"疫"中的一名大学生应急志愿者，他的母亲是医院感染科王丽春教授。王丽春是隔离病房的医疗组长，承担了救治新冠肺炎病人的工作。1月28日是王丽春的生日，何思科用实际行动送给了妈妈最好的生日礼物——参加医院应急志愿服务。他说，参加这次志愿服务，是为了给母亲送上特殊的生日礼物。"我爱我的妈妈，所以我不能让她一个人上战场，我要和她一起并肩战斗。妈妈是我最好的榜样，我为她感到自豪，我也想让她为我感到骄傲。"

内科团总支书记、风湿免疫科护士罗梦很早之前就定了在2月9日举办婚礼，但是这场新冠肺炎疫情打乱了她的计划。大年初一，在院团委开始招募应急志愿者时，她第一时间报了名，还拉上自己的新婚丈夫——华西医院西藏成办医院呼吸科的医生一起上战场，积极加入应急志愿服务。他们是彼此最亲密的战友、最坚强的后盾。

院团委的倡议书发出后，共收到来自医院职工和在校医学院大学生约2000名志愿者的报名申请。面对这么大的群体，要在极短的时间内让志愿者有序上岗，投入到服务中，这背后的工作量也是极大的，涉及岗位排班、上岗培训、通知调度、物资保障等重要工作环节。有这么一群人，在背后默默地努力，保证应急志愿服务工作正常开展。

门急诊、医技联合团总支书记、药学部李文尧老师带领2016级"临八创新班"王婷和贾宇恒两位同学承担着此次战"疫"应急志愿服务排班调度工作。大年三十与家人吃年夜饭，接到老师请求支援的通知，两位同学二话不说，于初一当天就赶回了医院。在二十多天的时间里，调度小组协助院团委完成了约2000名志愿者的报名登记工作和约800名志愿者的上岗排班工作。排班调度工作烦琐又精细，还会因为志愿者个人的临时时间变动随时调整，几乎需要全天盯着电脑屏幕和接打电话，根据岗位实际需求与志愿者时间进行实时匹配，并提前一天通知需要上岗的志愿者。

医院党政领导多次强调，要做好一线工作人员包括志愿者的防护工作，保护好每一个人。在院领导的关心下，医院感染管理部、设备物资部与院团委通力协作，为应急志愿者提供周全的保障。

志愿者岗前培训是做好志愿服务工作的重要保障。在此次应急志愿服务培训中，特别增加了针对新冠病毒感染防护的知识与技能培训。在前四次集中培训中，院感管理部的宗志勇部长总会在百忙之中抽出时间亲自给志愿者讲授相关内容，一是让志愿者能够正确认识和应对此次疫情防控工作，二是为志愿者打气加油，让他们免除恐慌。后为了防止大量人群聚集，志愿者岗前培训改为由已参训小组组长培训组员或观看培训视频两种模式。

在防护物资十分紧缺的情况下，守护医院第一道关口的志愿者也受到了医院的爱护。医院捐赠小组积极争取社会慈善资源，设备物资部及时调配可用于志愿者防护的符合要求的防护用品，口罩、手套、民用防护服或隔离衣一应俱全，考虑到天冷，还为早晚班的志愿者贴心地准备了暖宝宝，暖身又暖心。

此外，还有很多看不见的志愿者。院团委曾接到一位社会爱心人士来电，说想来医院参加应急志愿服务，为战"疫"尽一份力。但考虑到当时疫情防控的具体要求，工作人员感谢并婉拒了他。但是没过一会儿，这位先生又打来电话，说："我是一名理发师，如果医院的医务人员需要，我可以上门来为他们理发。"多么可爱的理发师！

还有匿名网友送来慰问一线医务人员的爱心咖啡和奶茶，医务人员也不忘分给志愿者，让他们感受到华西这个大家庭的温暖，感受到无疆大爱。在这场无声的战"疫"中，总有来自志愿者坚定的目光，带给我们温暖。我们相信"潘多拉的魔盒"终会被重新关上，一切都会过去。

"在这里，共产党员争先恐后、无惧无畏、无怨无悔的大无畏精神无时无刻不在感召着我，让我想加入党组织，想像一名共产党员那样去战斗……"

在战火烧到眉毛之际，一直奋战在一线的青年医疗队队员受到感召，郑重地向党组织递交了入党申请书。

"我是党员我先上！"党旗在防控疫情斗争第一线高高飘扬，充分体现了共产党人的担当和风骨！

在大灾大疫面前，心理创伤不能忽视，一个关怀，一句鼓励，或许是比药物更有效的抗病毒良药。华西人不仅把先进的医疗技术和医务精英送上前线，还派去了心理健康保障师。

固定或流动的"心理咨询室"，像是病房外的一个个"方舱"，一些医务人员在这里卸下心理重负，可以哭，也可以大喊，纾解焦虑、脆弱和不安。

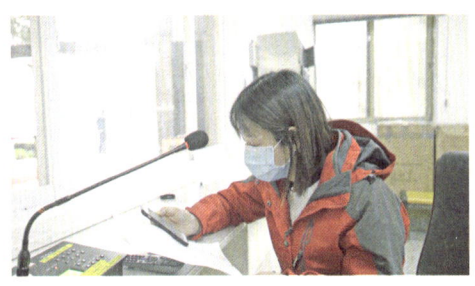

这是一场不同寻常的灾害，病毒悄无声息，躲在暗处诡笑。它对物资、人力的消耗仿佛看不到尽头。在这场持久战中，英雄们的里衣湿了一遍又一遍，防护镜片因雾气而模糊不清；脸上布满久久不能恢复的勒痕，眼内充溢火云一般的血丝；椅子上，累得来不及换个舒服的姿势便睡着了；病床前，竖起的大拇指彰显出医者的乐观精神和不屈斗志。一分钟、一小时、一天天……他们便这样扛着。

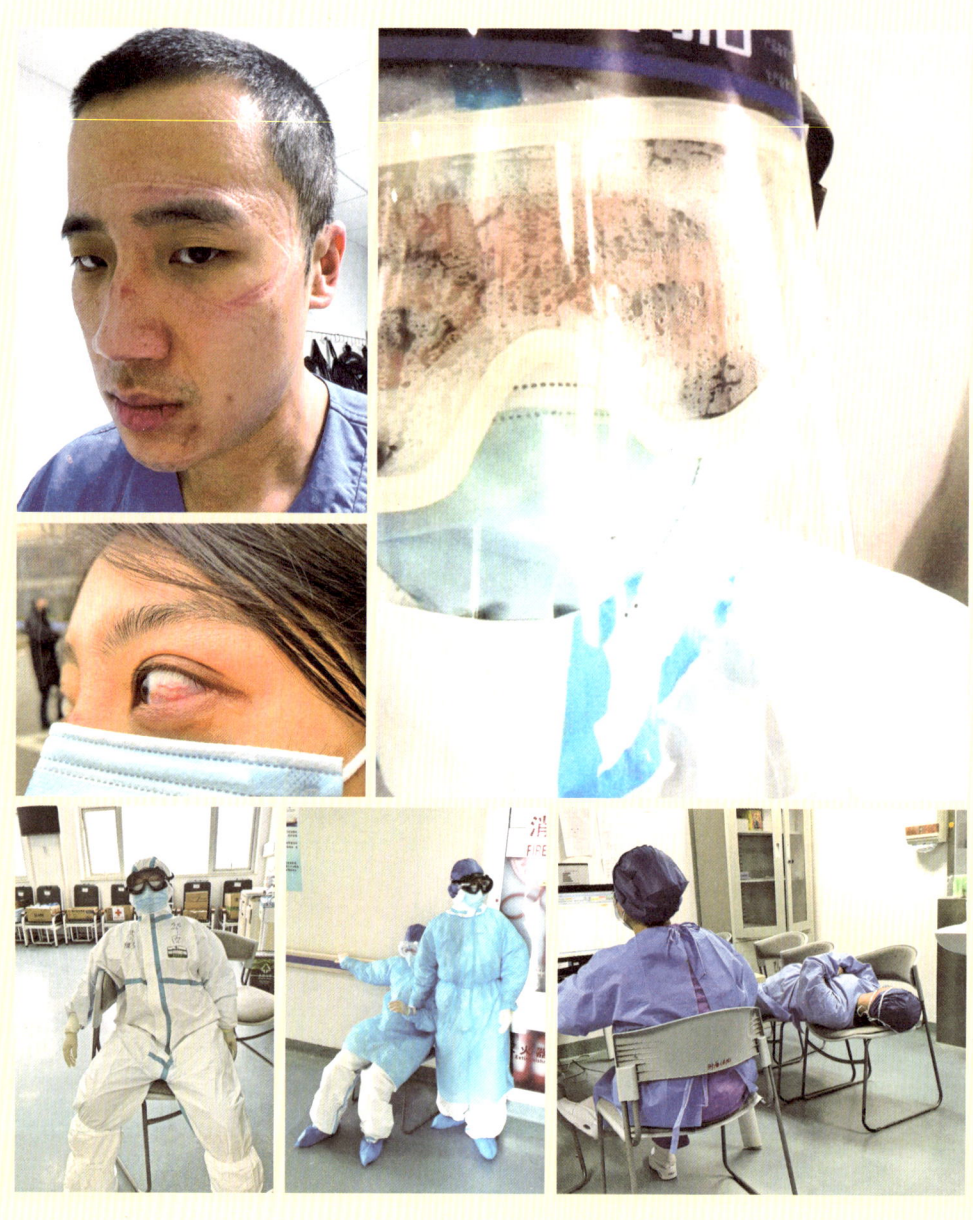

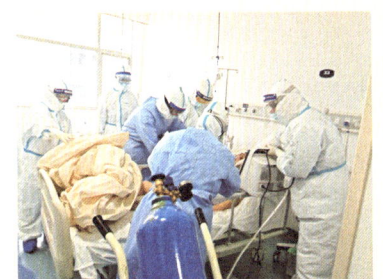
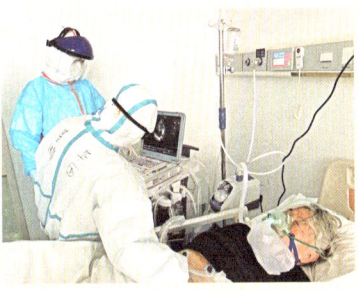
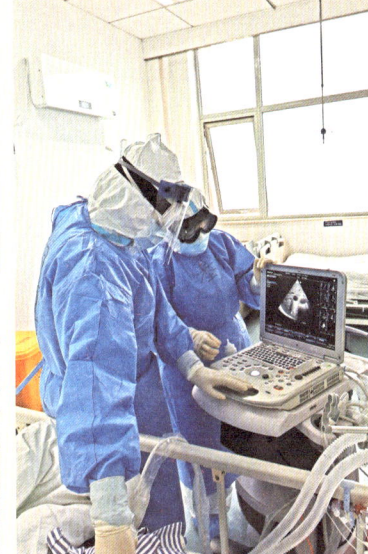
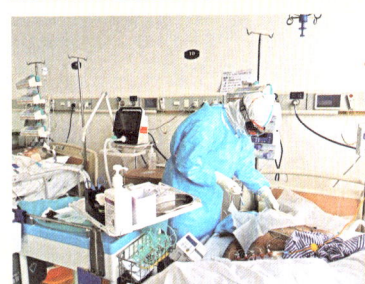
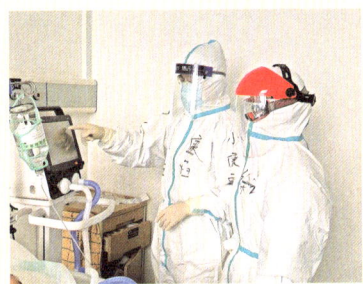
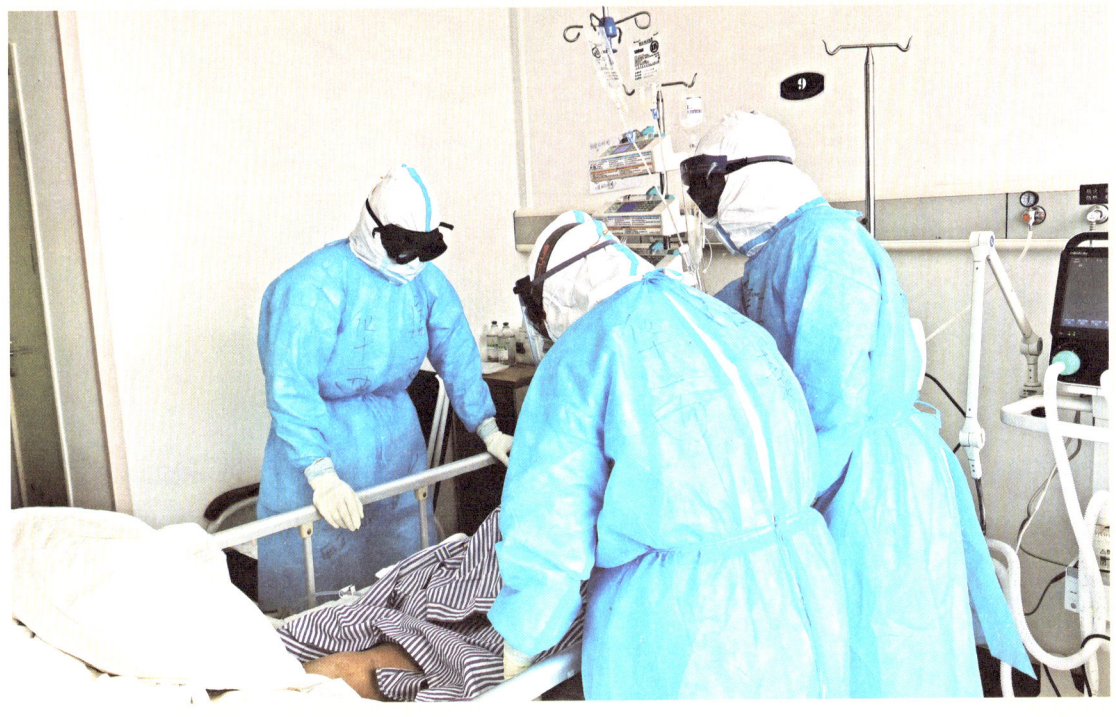

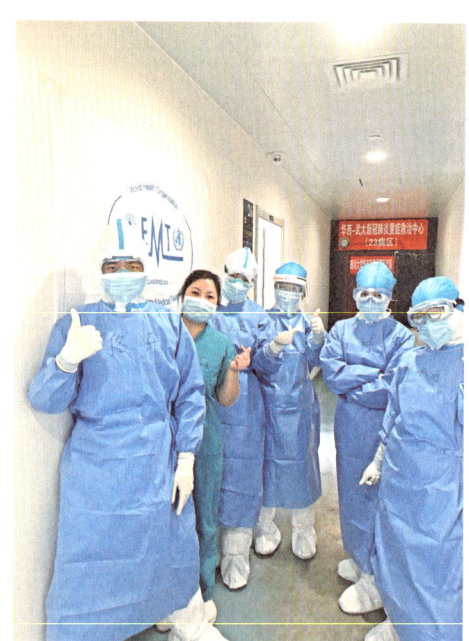

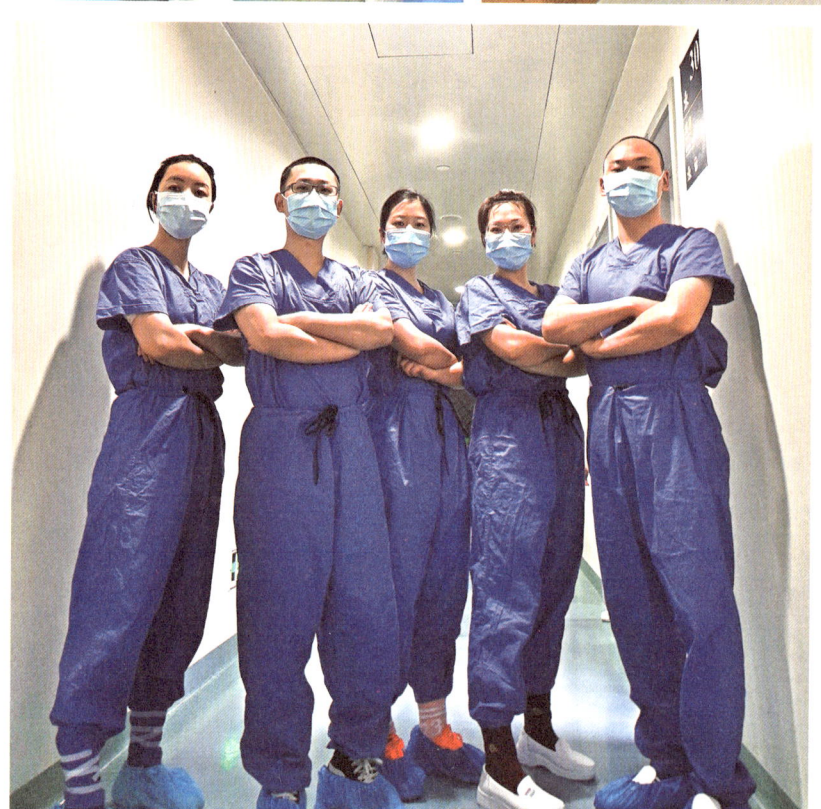

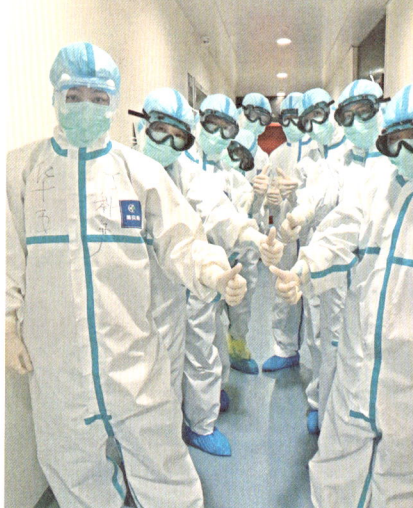

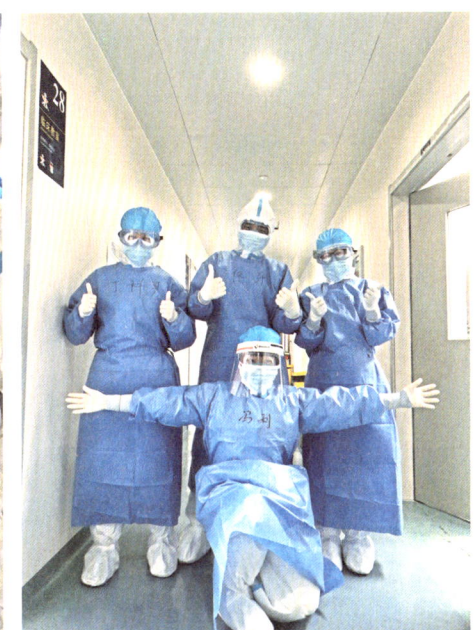

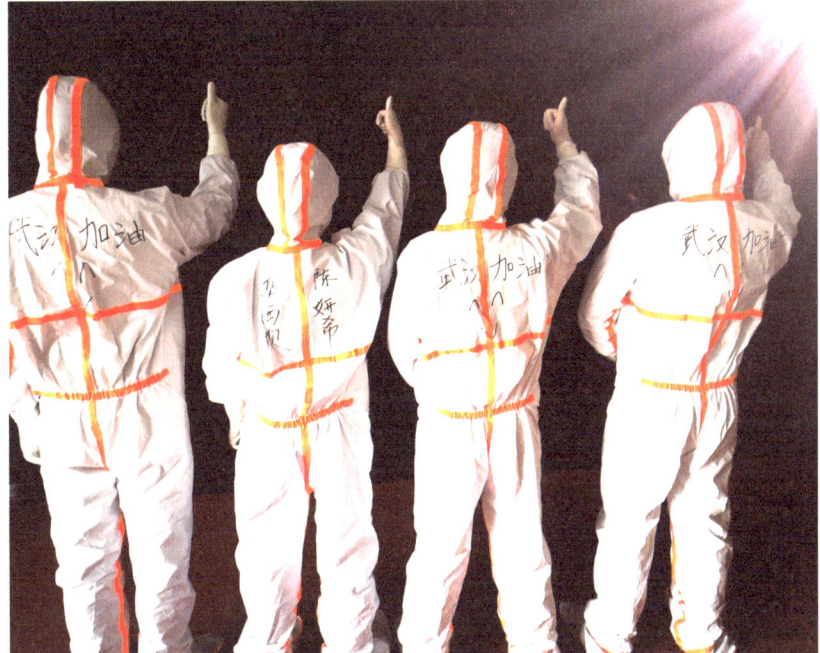
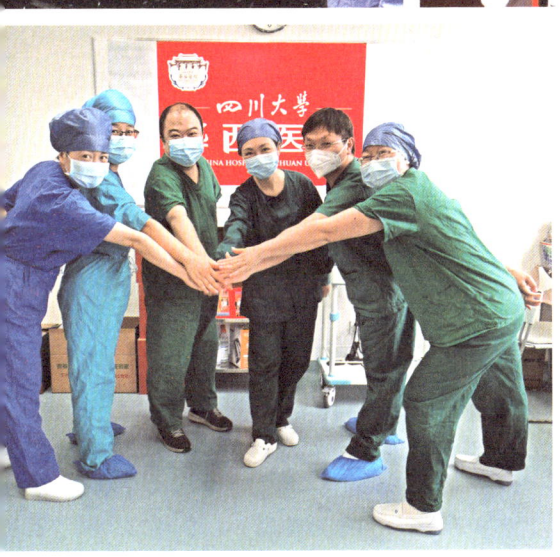
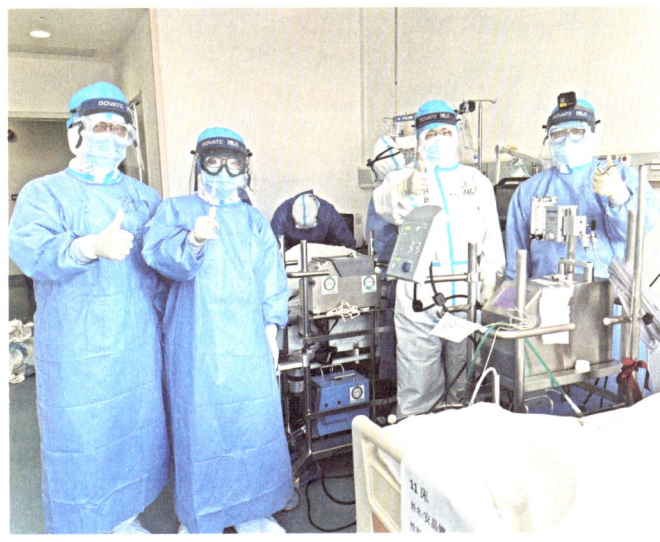

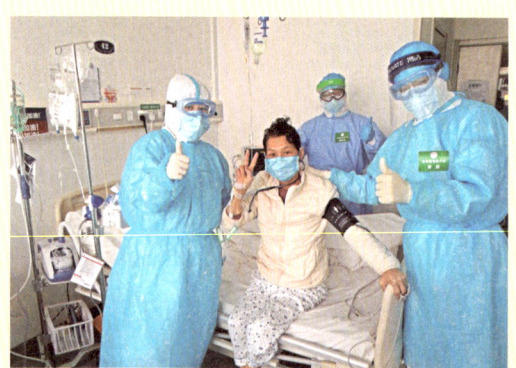
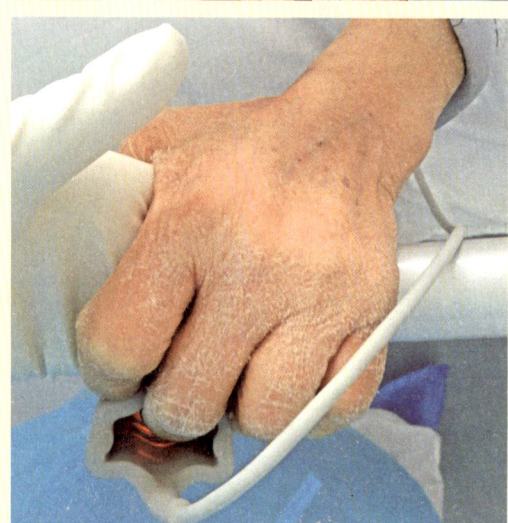

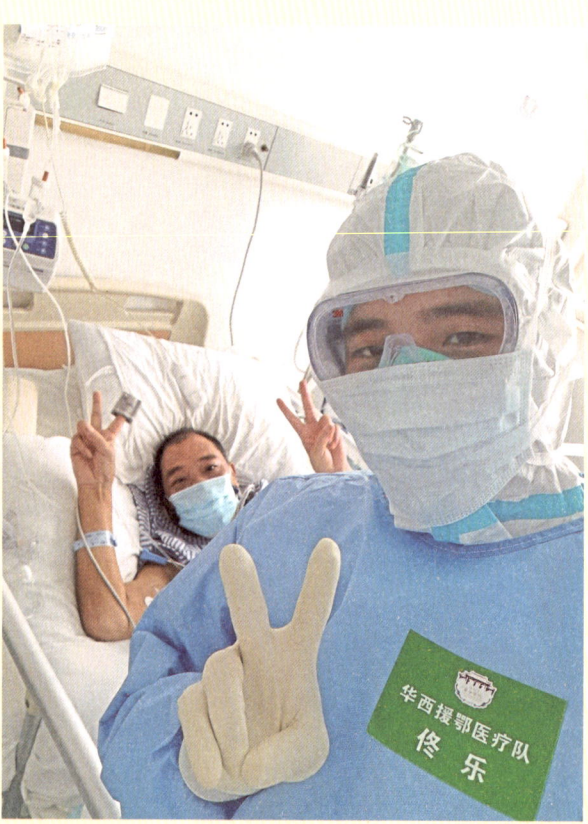
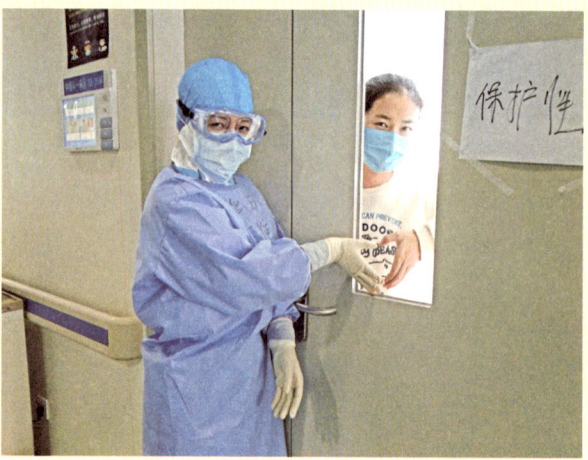

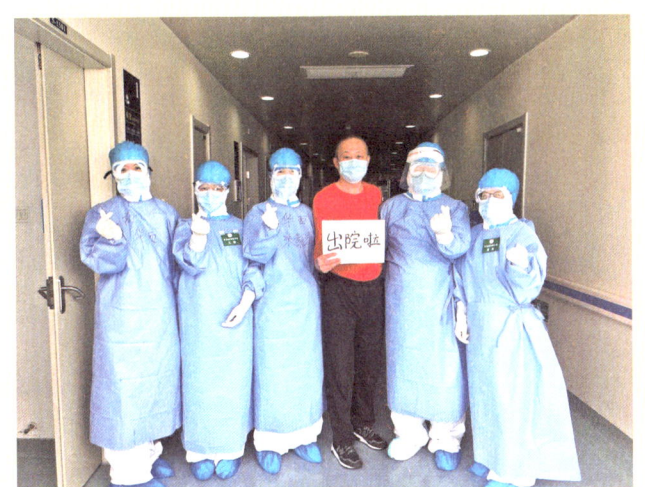
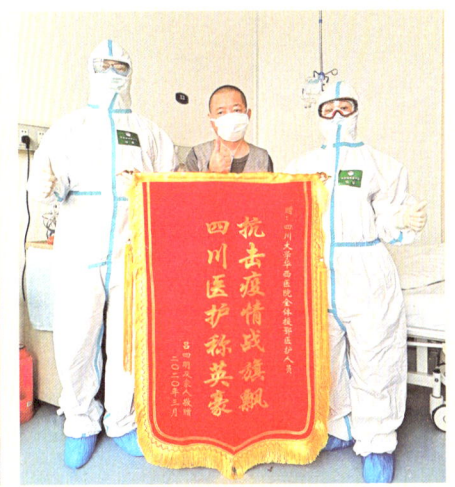
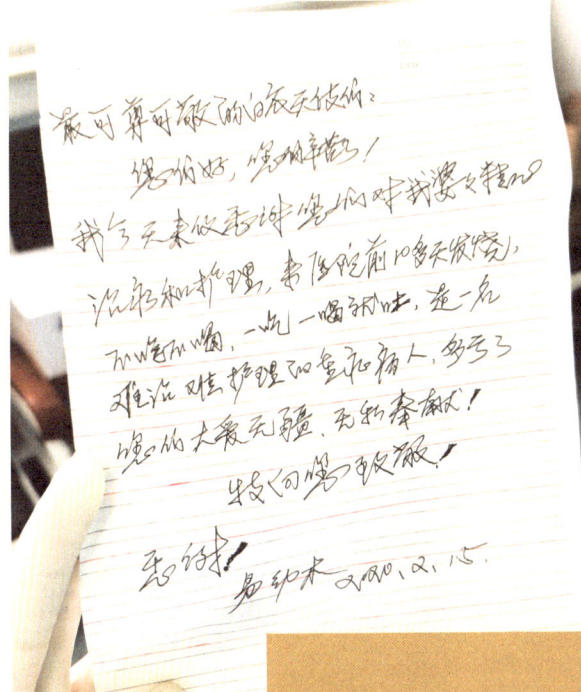
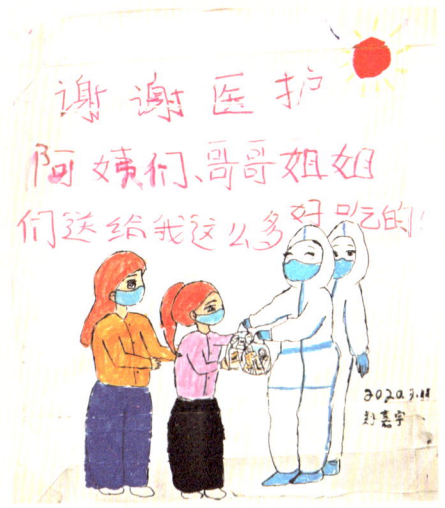

医患关系，这个在近几年让多少医务人员谈之色变的敏感话题，却在这次的抗疫一线得到了升华。青年医务人员吴孝文说："这一次我们的战友不仅是医务人员，还包括病人。我们共同的敌人，就是这个病魔。"与病患手拉着手，心连着心，医务人员的热血温暖了武汉的寒冬。

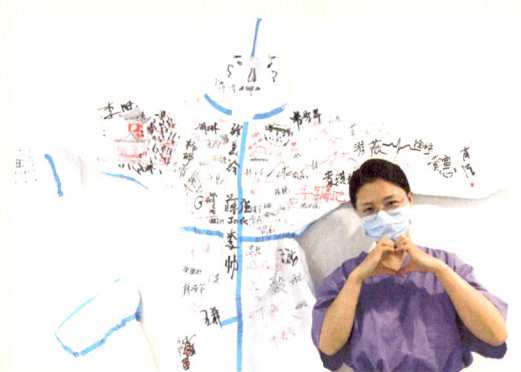

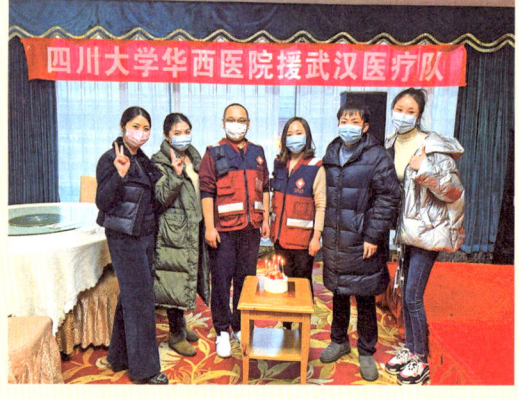

从"辣椒戒断综合征"到"名牌收纳袋大合照",这群医疗界的精英们也在艰苦鏖战中"苦"中作乐,把辛劳艰苦的前线生活过得有声有色。闲了开个视频会议,协同一下工作细节,顺便沟通下同袍之谊。若是遇上哪位小伙伴过生日,更是要仪式感满满地送上一个蛋糕。哪怕工作再艰苦,都要好好生活!

兵马未动，粮草先行。后勤保障能力是考验队伍能否打硬仗的一大指标，这一次，华西人交出了满意答卷。除了重要的医疗及防护设备，最令人艳羡的是那一箱箱泡凤爪、酸辣粉、麻辣牛肉、火锅底料、辣椒面……甚至还有"90后"情有独钟的辣条。大后方抗疫战线上所发生的温馨感人的小故事，看似微不足道，却在此时此刻犹如黑夜的繁星，给每一位与疫情抗争的人带去微光和鼓舞。

把1%的希望变成患者生的延续，是华西医者矢志不渝的初心与信念。在新冠肺炎疫情阻击战中，各个岗位的医务工作者为坚守信念而全力以赴、为追随信仰而勇于突破，用实际行动践行着"健康所系，性命相托"的医者誓言。

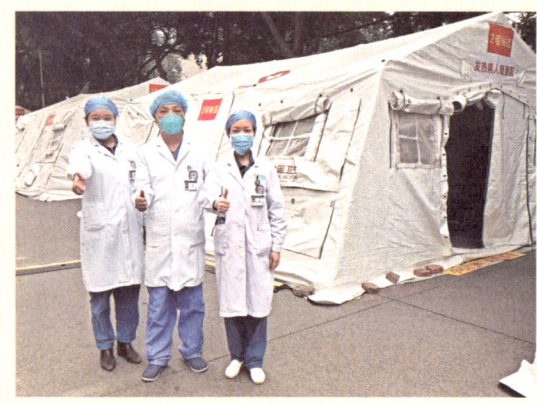

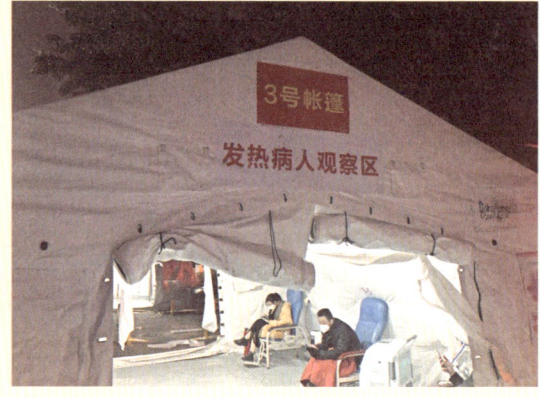

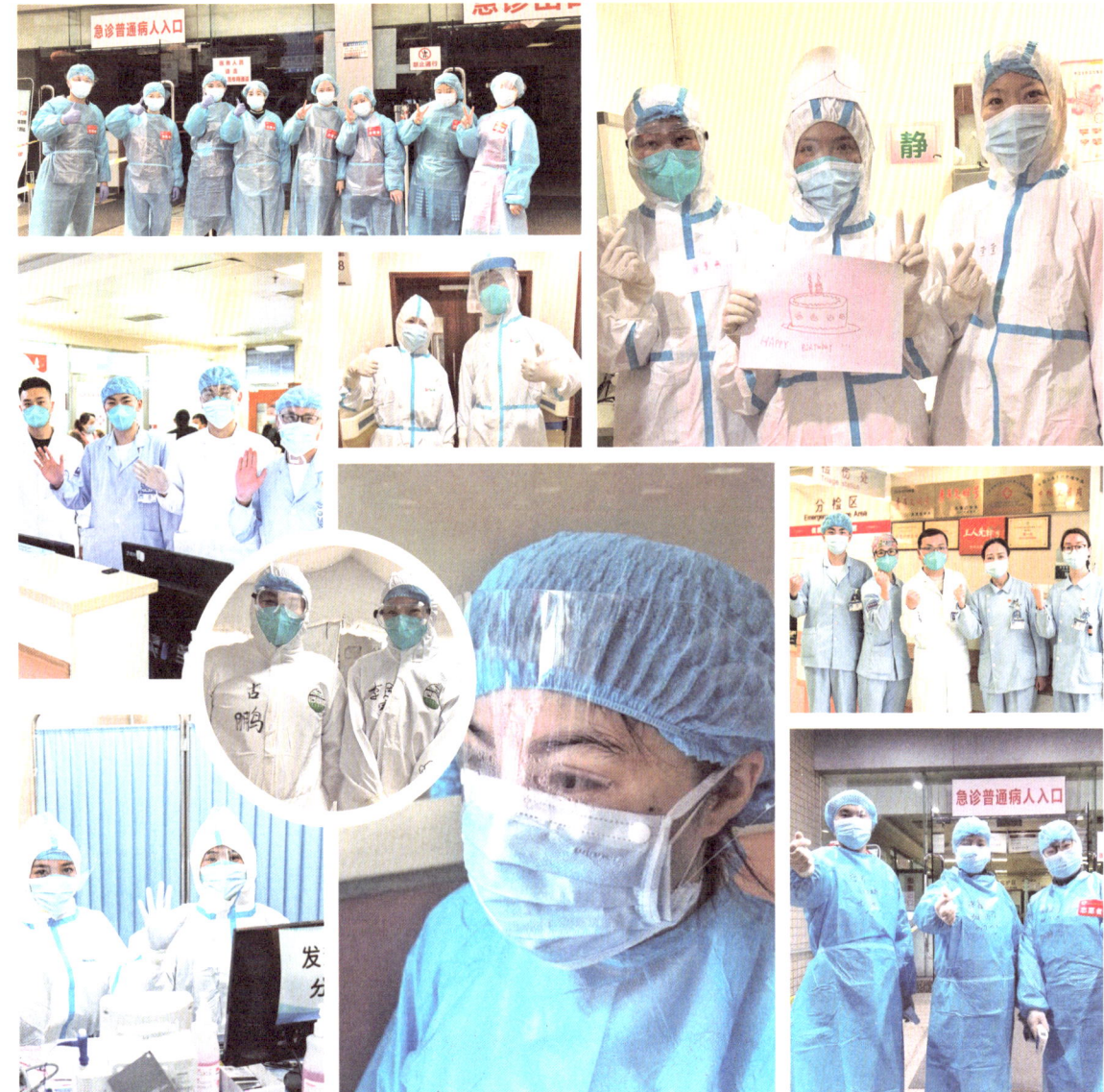

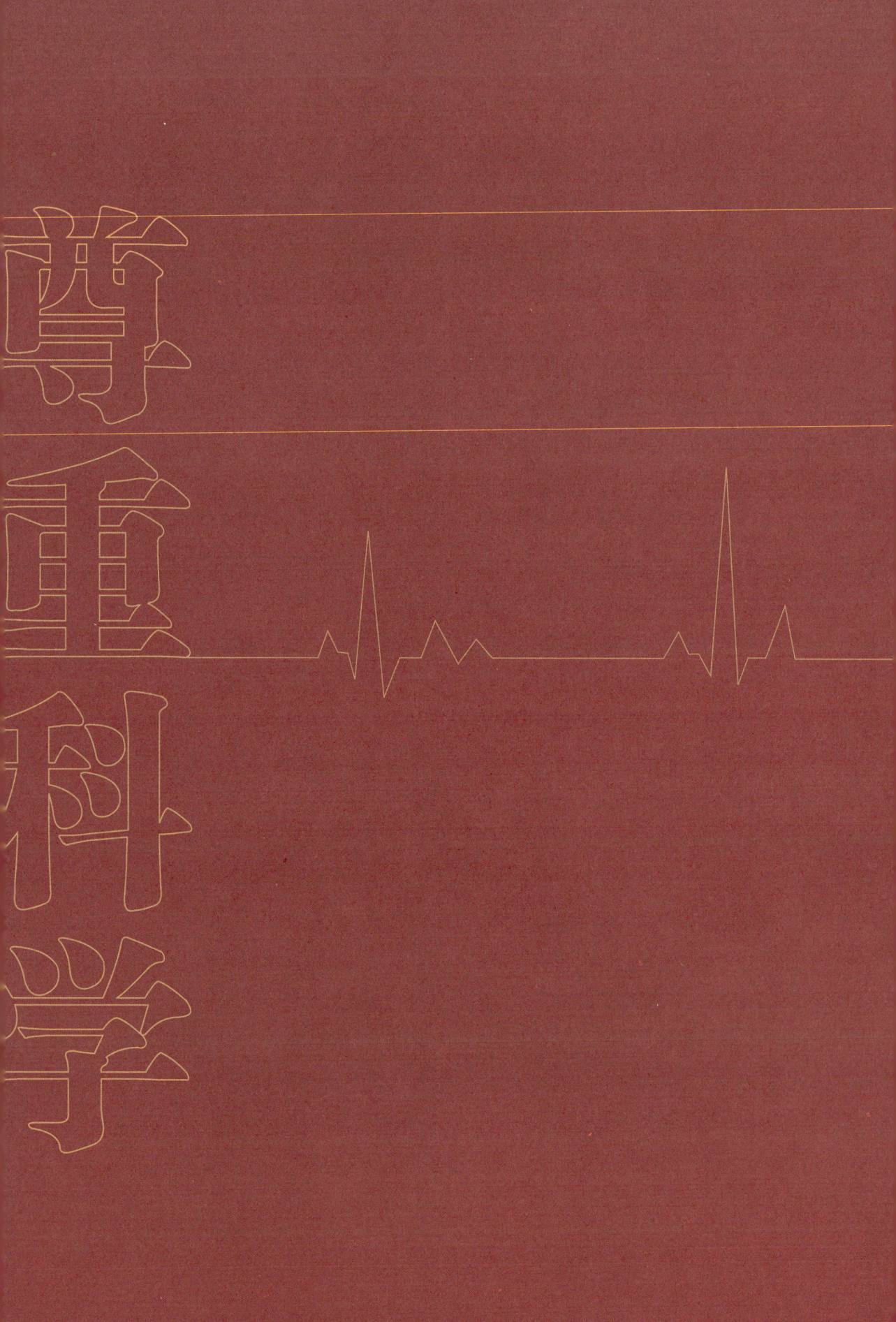

科研

华西方案，彰显硬核之力

习近平总书记指出："（本次疫情防控）充分发挥了科技对疫情防控的支撑作用。"面对突如其来的疫情，科研是打赢这场战役的终极武器。

华西人秉持求真务实、开拓创新的实践精神，把遵循科学规律这条宗旨贯彻到了决策指挥、病患治疗、技术攻关、社会治理各方面的全过程中。

疫情防控，院感先行。四川逆行武汉的第一人乔甫，正是一名院感专家。他坚守武汉74天，辗转雷神山医院、武汉客厅方舱医院、武汉大学中南医院等地，为战"疫"做出了卓越贡献。

疫情初始，华西科研人就吹响了战"疫"号角，开展了基于大数据的新型冠状病毒流行病学研究，为防控决策提供了科学支撑。

远程多科、多地会诊模式，以5G双千兆和综合智能信息服务为基础，为疫情防控工作提供了有力支撑，助力打赢疫情防控攻坚战；快速推出公益性大众防疫手册，让更多人能获得最新的医疗知识；集中优势力量，在防止病毒传播、快速检测、疫苗研制等方面扎实工作，确保华西能在全力打好疫情防控攻坚战中发挥主力军作用；创造性地利用微信公众号这一新媒体进行医学科普，大量阅读量在10万以上的文章让专业媒体都叹为观止，活泼俏皮的方言土语，却都是专家精心编写、层层把关的科普"干货"。

大众医学科普，华西人一直走在创新的路上。

疫情防控，院感先行

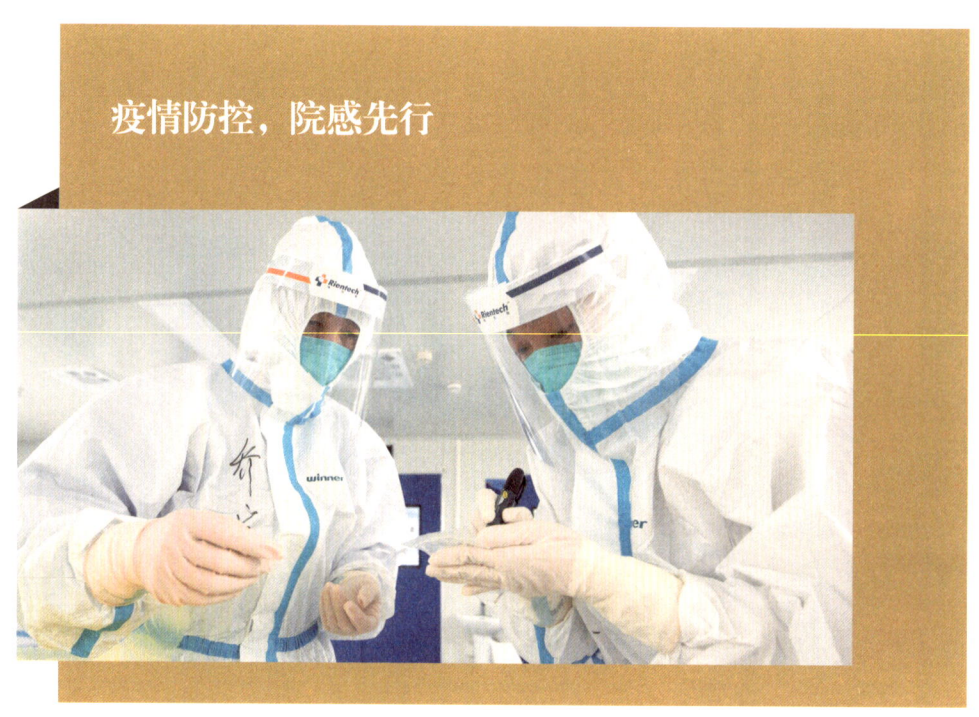

管天！管地！管空气！

猜一猜，这么霸气的描述，说的是哪个部门？答案是——医院感染管理部。

"我们的职业不像医生，医生每救一个病人，就很有成就感。我们是站在医务人员背后的人，默默无闻地站在后面，去预防和控制病毒的感染和传播。虽然说不出来你到底救了多少人，但有时候又非你不可。"一名院感人这样描述。

作为四川逆行武汉抗击新冠肺炎疫情最前线的第一人，华西医院感染管理部主管技师乔甫抵达武汉后，就立刻开始投入到工作中。

正如乔甫所说，感控最主要保护两类人，一是患者，二是医务人员。在20多天的时间里，他"以我所学，尽我全力"，和武汉大学中南医院感控同仁一起，优化发热门诊以及病区的布局和流程，规划新开新冠病毒感染病区的流程，培训并指导临床一线医务人员落实手卫生、清洁消毒、个人防护用品规范使用、医疗废物收集等感控措施，努力降低医院内感染风险。

"只有感控给力，加力，有实力，才能更好地保护我们的医务人员和患者。"他说。

工作千头万绪，他需要以科学的经验判断先去哪里。2020年1月26日，正式进入武汉大学中南医院后，乔甫就立即与医院的感染管理部门进行对接，详细了解医院感染防控工作。

1月27日，在走访妇产科、新生儿科、急诊科等科室，与一线人员接触之后，乔甫发现疫情还没有得到很好的控制，并且，医务人员都处在极大的感染风险中。他对此提出了相应的专业指导意见。

1月28日，乔甫走访手术室，讨论疑似新冠肺炎产妇手术的流程；走访ICU，优化入口管理，提出改进建议；与分管副院长及相关科室主任、护士长一起现场查看门急诊的流程，进一步完善管控措施。

1月29日，乔甫查看胃肠外科、胸外科、神经ICU、神经康复科等普通病室收治新冠病毒感染患者的情况，一起讨论消毒、隔离、手卫生等管控措施，现场培训个人防护用品的穿戴步骤；与感染管理科、护理部、基建部的有关人员一起走访耳鼻喉科、神经内科等科室，讨论隔离病人的收治流程、收治空间和动线等问题。

1月30日，乔甫参与ICU病人收治流程和病区改建方案的讨论，到骨科现场查看疑似患者的收治情况，讨论疑似患者的收治问题；走访移植病房及其随访中心，特别对随访的流程和随访患者的管理提出建议；对保洁管理层进行培训，讲解清洁消毒、医疗废物收集转运、手卫生、防护用品穿戴等感染防控知识及要求。

1月31日，乔甫与神经内科管理团队一起沟通、讨论防控措施；审核捐赠的防护用品是否符合临床要求；修订《医院防控新冠病毒行动指南》；与江苏援武汉大学中南医院医疗队进行交流。

每一天的安排都是满满当当的。

有一次，乔甫上午到武汉大学中南医院感染科病房进行现场查看和指导，回办公室不到30分钟，科室就已经把乔甫提出的改进建议整理好了，并且每一项整改措施都落实了具体的负责人。乔甫着实赞叹他们的行动力。

武汉大学中南医院托管了东西湖方舱医院、雷神山医院和武汉市第七医院，为了强化这几个医院的感控力量，特别采用了中南感控"1+3"模式，抽调了临床的骨干医生和护士30多人加入感控队伍，安排乔甫负责组织培训。

在最后一次理论课程结束的时候，培训学员为乔甫准备了一个短视频，每个人都给他写了一段话，也有人画了画，还有人送了小礼物。

"他们说'星星之火，可以燎原'，而我就是撒下星星之火的人。现在想起来都还特别感动。"乔甫说。

2月8日晚上8点，武汉雷神山医院收治了第一批转运过来的新冠肺炎患者。而在当天下午3点，乔甫就已经抵达雷神山医院。

2个重症医学科病区、3个亚重症病区及27个普通病区，1500张床位，整个医院的感染控制流程设计和全国各地医疗队队员的感控培训——等待乔甫的是这样巨大的工作量。

在雷神山医院，由6人组成的医院感染管理组要负责整个医院的感染管理工作，其中只有1名熟手，工作难度相当大，但是在疫情面前，再大的困难也只能去克服。

乔甫先对感染管理组的工作人员进行培训，使其掌握基本的新冠肺炎防控知识和医院感染防控要领、技能，并对所有人员进行工作分工，然后与团队一起熟悉院区和病区设置，对感控流程进行进一步优化，"其目的是要让医务人员都单向流通，让患者待在自己的区域，不能到医务人员的生活区域来"。

在这里，他还制订了《雷神山医院感染控制手册》和职业暴露预防等应急预案，特别是给医疗队正确使用个人防护用品提供了指引；对进驻的每一个医疗队队员、工勤人员进行现场培训和悉心指导，使其熟悉院区、病区的设置和感控的要求；建立医疗队感染监测体系，及时了解其是否出现发热等症状以便采取应急措施。

看着雷神山医院收治了第一例患者，看着每一位医务人员、每一位患者按照制定的感控流程行动，乔甫觉得再累也值得。

在武汉，乔甫还参与了武汉客厅方舱医院筹建，从感控角度提出设计上应注意的问题，特别提出床间距应不小于1.1米、进行区域隔断等建议，及时对入驻医疗队的感控人员进行培训，确保各医疗队顺利进驻。

这个春节，乔甫最遗憾的就是没有时间陪妻儿，从大年初一就一直在武汉战"疫"第一线。

鉴于乔甫在新冠肺炎战"疫"中的突出贡献，2020年3月4日，国家卫生健康委员会、国家人力资源和社会保障部、国家中医药管理局授予他"全国卫生健康系统新冠肺炎疫情防控工作先进个人"称号。

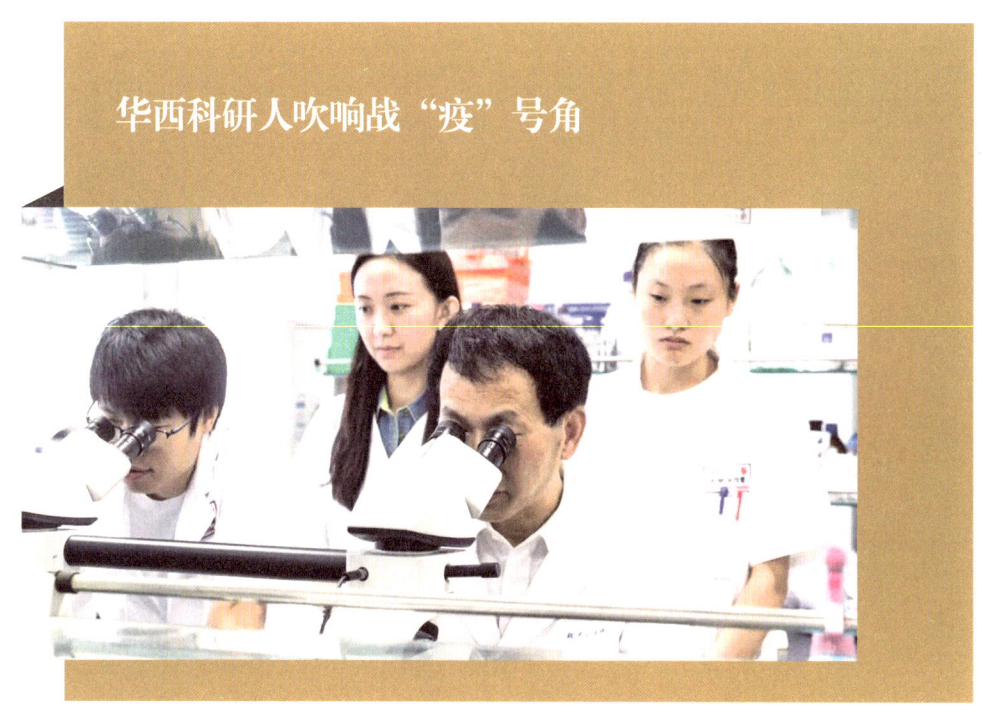

华西科研人吹响战"疫"号角

2020年1月22日,四川省委副书记、省长尹力主持召开紧急工作会议,研究部署新冠肺炎疫情防控工作。会议重点部署了利用大数据+人工智能+临床流行病学+循证医学等手段研究新型冠状病毒的传播路径、危险期、致死性以及发病趋势,为疫情防控提供科学指导等事项。

华西科研人的战"疫"号角也正式吹响。

1月23日,四川大学副校长张林牵头召开会议,讨论由四川大学、电子科技大学、国防科技大学共同组建新型冠状病毒大数据交叉学科研究平台,利用现有数据存储平台、运算平台,结合历史上国内外所有重大流行病和重大灾害的数据及规律,判断未来新型冠状病毒的趋势,并在此过程中逐步积累研究成果,培育一流的研究团队,为新型流行病研究和防控贡献科学力量。

该平台由四川大学总体牵头，联合电子科技大学和中国国防科技大学共同做好相关研究工作。四川省卫生健康委员会、四川省疾病预防控制中心做基本政策保障，几大通信运营平台做数据支撑，四川大学医学大数据中心负责具体工作。四川大学华西医院、四川大学华西公共卫生学院、中国循证医学中心、四川大学网络安全学院、四川大学计算机学院共同参与。平台由大学牵头，行政支撑，企业支持，利用不同维度的海量数据信息进行综合建模和分析，为疫情的防控和疾病的治疗贡献科学力量。

由四川大学医学大数据中心首席科学家、华西医院党委书记张伟教授，国防科技大学吕欣教授，电子科技大学周涛教授，四川大学网络空间安全研究院陈兴蜀教授，四川大学华西公共卫生学院张本教授和四川大学计算机学院刘权辉特聘副研究员等组建的25人的专职科研团队迅速展开了紧张有序的工作。

1月23日，科研团队完成各科研团队研究数据需求和分析平台需求调研。

1月24日，科研团队完成部分关键数据的汇集和数据传输端口的连接。

1月25日，科研团队完成数据归集和第一份研究报告。

研究报告为四川省各市（州）开展新冠肺炎疫情防控决策提供了科学的数据支撑，在疫情得到控制前，研究报告每日持续更新。

1月27日上午，张伟书记主持召开新型冠状病毒大数据交叉学科研究工作进展推进会，对1月23日至26日大数据科研平台搭建、数据汇集、各研究团队研究的进展和新冠肺炎疫情控制大数据报告等工作做了总结，对下一步工作做了进一步的部署。

科研团队最新研究成果发表于 *Journal of Evidence-based Medicine* 杂志，华西医院《中国循证医学杂志》也对其中文版进行了全文刊载。

科研团队以《人民日报》（联合"丁香园"共同发布）的疫情实时动态数据和海外团队预测的感染人数为基准，对此次病毒的基本再生数进行了相关估计和预测。

为有效应对新冠肺炎疫情，华西医院紧急启动院内专项项目，由医院科技部组织申报、评审、立项，鼓励集中全院科研力量开展应急防治技术科研攻关。

1月26日下午，龚启勇副院长召集全院50余位专、兼职科研人员就新冠肺炎疫情开展了科技攻关大讨论。龚启勇副院长强调，此次疫情形势严峻，要发挥华西精神，切实肩负起研究型医院的科研使命。

与会专家积极建言献策，从不同学科角度分析此次疫情成因，进一步找出研究方向，探讨新型冠状病毒研究热点。龚启勇副院长鼓励各个学科进行交叉研究，用新的科研范式理念系统解决关键科学问题，从而为新型冠状病毒感染及新发突发传染病防控提供理论及技术支撑。为贯彻落实习近平总书记重要指示精神，华西医院集中华西优势力量，在防止病毒传播、快速检测、疫苗研制等方面开展扎实工作，以确保在全力打好疫情防控攻坚战中发挥主力军作用。

截至申报日，医院共收到122个申报项目，其中基础研究21项、检验诊断15项、临床救治技术16项、流行病学4项、药物及疫苗研发14项、疫情应急管理52项；参与申报的临床医技科室有29个，研究所（室）有16个，其他职能部门有9个，华西医院医、教、研、管各大职能体系均投入到本次抗疫科技攻关申报工作中。

从启动科技攻关以来，华西医院获批一系列科研项目：获批四川省科技厅第一批攻关应急项目10项，获得3000万元经费，集中资助了远程会诊、防控技术、病毒检测与患者筛查、重症治疗、药物筛选、临床风险预警、病毒蛋白结构与功能研究等项目；获批成都市科技局应急攻关项目2项，获得70万元经费。2月7日再次积极响应成都市科技局第二批新冠肺炎疫情防控项目征集号召，组织申报技术创新研发类项目108项，重大科技创新类项目8项；获批四川大学资助项目6项，获得250万元经费；院内应急攻关项目按照"专家同意比例不低于80%，平均得分不低于80分"的总原则，优先推荐69项进行立项，涉及经费3527万元。

在四川省新型冠状病毒应急项目（2020YFS0004）和医院新型冠状病毒应急

项目（HX-2019-nCoV-009）的支持下，实验医学科应斌武教授带领的临床团队、麻醉与危重急救研究室柯博文教授和生物治疗国家重点实验室耿佳教授带领的科研团队紧密协作，联合成都华西精准医学产业技术研究院有限公司及南京诺唯赞医疗科技有限公司，成功研发了基于胶体金免疫层析技术的新型冠状病毒IgG/IgM抗体联合检测试剂盒，并于3月13日顺利通过国家药品监督管理局审批。该试剂盒迅速实现每日量产20万人份，并投放到全球疫情防控第一线。

每次疫情发生，人们总会想到疫苗。作为消灭疫病的有效手段，疫苗无疑成了公众的希望。

新冠疫情暴发后，华西医院在很短时间内，就组建了一支近100人的新冠疫苗攻坚的多学科队伍，承担了国家科学技术部与卫生健康委员会的疫苗专项项目，全力投入重组新型冠状病毒疫苗研发工作中，并突破了多项核心关键技术。该产品已获得中国食品药品检定研究院的质控鉴定合格报告，并于4月底将申报资料报到国家药品监督管理局。8月21日，华西医院生物治疗国家重点实验室研发的重组蛋白新冠疫苗获国家药品监督管理局临床试验批文。目前，该团队正在积极推进该疫苗的临床试验，希望实现产业化。

在施普林格·自然出版集团旗下的自然指数网站2019年"自然指数"排名中，华西医院荣登我国医疗机构榜首，位列全球第三十六位。"自然指数"是根据最近12个月各科研机构在《自然》系列、《科学》《细胞》等82种自然科学类期刊上发表的研究性论文数量进行统计得出的，可在一定程度上反映医疗机构的科研水平。

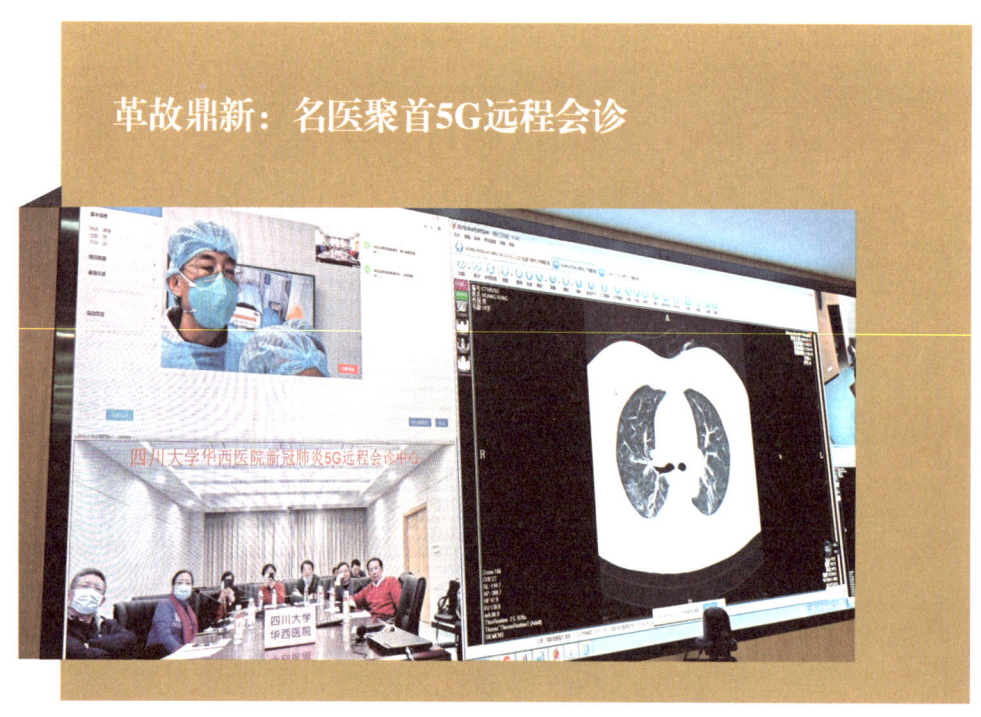

革故鼎新：名医聚首5G远程会诊

5G（5th-Generation），即第五代移动通信技术，是最新一代蜂窝移动通信技术，具有高速率、大容量、低时延、高可靠等特点。5G时代的到来和技术的快速迭代，给各行各业带来了极大的变革，5G技术也逐步在医疗行业中得到应用。

早在2019年5月，华西医院就在全国首次将5G网络应用到多地医疗会诊和手术指导中。在此次战"疫"中，5G技术更是大显身手。华西医院在全国首次建立5G远程多科、多地会诊模式，专家组每天对全省208家定点医院的每例危重症病患制定个体化、精准化的治疗方案。医疗救治的经验与成效受到世界卫生组织总干事高级顾问布鲁斯·艾尔沃德点名称赞。

2020年1月26日15时，华西医院利用5G技术首次进行了新冠肺炎远程会诊。

四川省医疗救治专家组组长、华西医院院长李为民，呼吸与危重症医学科主任梁宗安，感染性疾病中心主任唐红，重症医学科主任康焰，放射科主任宋彬，肾脏内科主任付平，心脏内科副主任张庆等众多资深专家参与会诊，为成都市公共卫生临床医疗中心的2例病患治疗提出了指导意见。

在当时疫情防控形势下，5G技术让救治更加高效便捷。会诊当天，四川省卫生健康委员会主任何延政还与大年初一赶赴武汉市红十字会医院的第一批援鄂医疗队队员进行了5G视频连线通话，医疗队领队汇报了前方工作情况。

根据四川省卫生健康委员会工作安排，5G技术远程会诊系统以华西医院为中心节点，首批接入包括成都市公共卫生临床医疗中心、绵阳市四〇四医院、广安市人民医院、乐山市人民医院、雅安市人民医院等在内的27家收治确诊（疑似）患者的医院。后期建成覆盖省、市（州）、县三级的5G技术远程会诊系统，实现全省及驰援武汉的前线医院新冠肺炎的远程会诊"一张网"。

5G技术远程会诊系统的建立，对新冠肺炎的诊治更具针对性，不断提高了救治效率，切实保障了人民群众的生命健康安全。

1月27日下午，李为民院长率众多资深专家，在医技楼5楼顺利为广安市人民医院、甘孜州人民医院、资阳市第一人民医院共计4例新冠肺炎患者进行了5G技术支持的多学科远程疑难病例会诊。这也是华西医院作为四川省新冠肺炎5G远程会诊系统的中心，利用5G技术开展的首次省内跨区域新冠肺炎远程会诊。

会诊专家的交流讨论和专业分析，为感染患者提供了及时有效的诊疗方案，最大限度地降低了新冠肺炎疫情带来的交叉感染，为救治病患、控制疫情提供了有力支撑。

此外，依托华西医院远程医学中心协同医疗服务平台，华西医院成功为德阳市人民医院、自贡市第一人民医院包括呼吸与危重症医学科、感染科、传染科等在内的多个临床专科的远程疑难病例进行会诊。华西医院还成功为省内5家医疗机构的7例新冠肺炎患者进行远程疑难病例会诊。华西医院持续零障碍做出新冠肺炎疫情会诊响应，为各医疗机构提供及时便捷的新冠肺炎疫情远程会诊咨询服务，有力保证了抗疫工作的顺利推进。

1月31日下午，李为民院长带领华西医院新冠肺炎救治专家团队与绵阳市四〇四医院、成都市公共卫生临床医疗中心专家团队一起对5例新冠肺炎危重症患者开展了5G技术远程会诊，并对华西领办型医联体成员单位——资阳市第一人民医院的1例新冠肺炎患者进行了首例5G技术远程联合床旁查房。

在李为民院长的组织下，专家组参加了31日的5G技术远程会诊及查房讨论，对每一例危重症患者进行了详细的多学科研讨，与当地医疗团队一起明确了下一步诊疗重点与方案，并发起1例会诊后转诊。

2019年起，华西医院就提出了以"业务管理统一与共享、资源管理统一与共享、信息管理统一与共享"为核心的医联体发展战略，着力促进华西医院与领办医院间"业务管理统一与共享"下的在线协同业务常态化开展（业务查房、业务学习），建立转接诊机制。通过一年的探索，华西医院与医联体单位于2019年年底实现基于5G技术的联合查房，学科覆盖呼吸与危重症医学科、心脏内科、骨科、神经内科与重症医学科。

通过建立华西医联体"科间协作日"协同工作模式，基于移动查房车、5G技术通信网络及设备的保障，远程联合查房作为传统"中心–中心"端远程会诊的有效补充，其优势逐步凸显。

除远程医疗方面，出于应对本次疫情发展及联合防控的需要，华西医院在联动机制、政策解读、应急方案、防治流程、物资调配、人员培训及心理疏导干预等方面也积极主动作为，第一时间联合医联体单位，整合各种力量以各种形式投入到抗击疫情的战斗中。

2020年1月25日以来，华西医院启动了24小时紧急远程会诊响应机制，依托华西远程医疗平台，为全省27家省市级新冠肺炎救治定点医院和全国670多家基层医院开展新冠肺炎专项免费会诊咨询服务。

2月18日下午5时,华西医院与湖北民族大学附属医院针对后者2例高龄危重新冠肺炎患者进行5G技术远程会诊。华西医院的专家借助5G技术,与湖北民族大学附属医院、天津市第二人民医院相关专家,针对湖北新冠肺炎重症病例进行了远程在线会诊及实时指导。

5G技术远程医疗视频会诊,依托华西医院的优质医疗专家资源,进一步提高了危重症患者的救治效果,缓解了一线重症医学等专业医务人员不足的难题,让边远地区的群众也能享受华西医院专家的诊疗服务,极大地节约了诊疗时间,有利于对重症患者的救治,传播了阻击新冠疫情的"华西经验"。

2月24日,华西医院放射科、信息中心利用5G双千兆+远程CT扫描助手,为四川省甘孜州3例新冠肺炎患者进行了远程CT扫描,为患者病情诊治提供了有力支撑。

这是全国首个通过远程CT进行新冠肺炎病情检查的案例,意味着远程医疗正由传统的"会诊"模式逐渐过渡到"实操"模式,医疗资源地区不均的问题得到进一步改善。中国电信四川分公司联合西门子医疗系统有限公司为本次远程CT提供了5G双千兆网络和远程技术支撑,该技术有望在后续疫情应对中进行推广应用。对边远地区改进医疗条件而言,该技术有着巨大意义。

区别于以往的远程医疗会诊系统,这套系统利用专用控制终端和摄像头,分别获取远程CT设备的各项数据和病人的画面,通过5G技术实时传送至华西医院专家端,医务人员通过5G技术能直接操作远端的CT设备,除了可以实时看到影像资料,还能实时看到病人的情况。这样做的好处是,如果扫描影像有疑问,可以马上再次确认。同时,还可以直接与当地的医生进行沟通,有利于更加准确地判断病情。

此次新尝试,不仅将有效的医疗手段应用于新冠肺炎检查中,也将高水平的医疗服务提供给了医疗水平相对落后的边远地区,让5G双千兆和综合智能信息服务为四川疫情防控工作提供有力支撑,助力打赢疫情防控攻坚战。

大众医学科普，华西人一直在创新

2020年1月31日，华西医院印发《四川大学华西医院新型冠状病毒防控手册（第一版）》。这是华西医院新冠肺炎疫情防控工作领导小组面对新冠肺炎疫情的发展形势，根据国家各项法律法规，依照有关部门制定的关于新冠肺炎的防控、诊疗、监测方案，通过持续加强对新冠肺炎发生、发展规律的认识，总结疫情防控经验，在梳理各项防控流程与管理制度基础上编制完成的。

据了解，该手册包括新冠肺炎防控日常问答、疑似患者处置流程、门急诊预检分诊体系、新冠肺炎患者转诊流程、急诊外科手术流程等内容。该手册不仅能指导院内新冠肺炎防控工作，还能为医联体单位开展抗疫工作提供规范化、标准化模式，将在提升区域防治水平和应对能力、防止疫情扩散、保障医疗质量和医务人员职业安全等方面发挥引领作用。

此外，在新冠肺炎疫情防控的关键时期，该手册将对基层医院诊疗流程等进行统一规范，让基层医院有相应的防控参照标准，提升医生的相关能力，让患者得到最妥善的治疗。

2020年1月26日，华西医院正式开通"疫情专项心理干预咨询电话和网络问诊"专线，到2月1日早上9时，华西医生专线咨询和问诊的数量惊人：186名医生提供在线咨询服务3104人次，137名医生提供电话咨询服务503人次。

问诊人次太多、专家解答时间有限、热线打不进、重复问题过多……电话专线和网络问诊的局限性逐渐暴露出来。"必须出版一本心理援助方面的图书，指导公众正确面对疫情，科学调适心理，管理不良情绪，共同抗击病毒！"以华西医院党委书记张伟教授为组长的四川省新冠肺炎紧急心理干预专家组急切地希望能向更多的民众提供心理援助，更好地发挥专业医疗机构的作用。

1月31日，华西医院编写的《新型冠状病毒大众心理防护手册》电子版正式上线发布，免费提供给广大民众阅读。这是全国第一本针对本次疫情推出的心理防护读物。

本书采用一问一答的形式，所有问题均是华西医院心理咨询热线中民众普遍关心的问题。这使得该书的内容具有极强的针对性、可读性、权威性、实用性和指导性，老百姓读得懂、记得住、用得上。该书一上线，便以其接地气的呈现形式和专业实用的内容赢得了广大读者及业界的一致好评。

2月5日，华西医院编写的全国第一本关于医院在线防控疫情的图书——《新型冠状病毒疫情在线防控的华西模式》正式出版，其电子版同步发布，向各级医院、广大医务人员和广大读者免费开放阅读。

该书介绍了华西医院基于前期疫情防控实践经验，依靠"互联网+"思路建立的疾病咨询、心理咨询、自我测评、居家管理相结合的医疗服务新模式。这是当时严峻疫情形势下低风险、低成本、高效率的有效防控模式之一。该书由华西医院党委书记、心理卫生专家张伟和华西医院院长、呼吸内科专家李为民担任主审，希望本书介绍的"华西模式"能给有关医疗单位的疫情防控工作提供有益的参考、借鉴和帮助。

说到华西医院的大众科普，必须要提到华西医院的微信公众号"四川大学华西医院"。目前，"四川大学华西医院"微信公众号的关注者已突破300万。不得不说，这是华西医院除医疗技术之外创下的又一个奇迹。

在丁香园主办的"2019中国医院发展大会"上，丁香园携手清博大数据，联合公布了"2018年度中国医疗机构品牌传播百强榜"，华西医院的新媒体影响力排名全国第一。

是谁让华西医院的新媒体做得让很多专业媒体都叹为观止的？"四川大学华西医院"微信公众号的"粉丝"（关注者）一定能立刻给出答案——是"华西医院辟谣小分队"！

这是一个由华西医院宣传部核心创作人员和400多名医疗专业人员组建的专业团队。华西医院建立起的这支覆盖48个临床科室、部门，包括医生、护理、医技人员、科研人员的科普队伍，有大约400名专家参与其中。

与此同时，华西医院宣传部成立新媒体工作小组，由部长负责内容及文字把关，2名编辑负责微博、微信公众号的视频文案，1名摄像师负责视频拍摄及剪辑，1名美编负责插图。

"读华西医院的微信科普推文不累，很多医学知识都是与自己生活息息相关的，医生解答的问题也正好是自己模棱两可、搞不清楚的问题。"一位"粉丝"这么说。

医院新媒体的受众是谁？就是患者和潜在患者。医院的信息，铺天盖地，但受众往往更关心大健康类的信息，如医学科普知识、医院就诊信息、医学新技术等。华西医院的新媒体正是抓住了受众的核心需求，才有了如此优秀的传播效果。

此外，华西医院还有一个创意，即鼓励每个临床科室都开设一个科室微信公众号，公众号的开设和文章数量可作为科室年终考核宣传板块的一个重要加分项。因此，每个科室的公众号文章、专家团队都是"四川大学华西医院"微信公众号的科普文章的重要来源。

据统计，"四川大学华西医院"推送的文章中，科普文章达到了70%，医疗新技术、就诊指南达到20%，医院文化、学科建设只占到10%。

科普文章要让大众欢迎，一定要用通俗易懂的文字来表达。四川方言是华西医院微信公众号推文常用的语言。华西医院曾经对患者的来源进行了详细统计，他们发现，80%以上的患者来自云贵川三省和重庆市，因此四川话对这些受众来说非常亲切。就全国范围而言，四川话属于北方语系，大家理解起来也不难。

行文风格、语言特点是一方面，严谨的内容是华西医院微信公众号科普文章受欢迎的另一个诀窍。

无论是什么话题，每一篇科普文章都由临床专家严格把关。

文章在编辑和专家之间来回，修改次数一般都有5次之多。他们以对论文的严谨态度对待新媒体推文，每一篇文章后面都要求附上参考文献。

华西医院的微信公众号推文，很多都有10万以上的阅读量。这是如何做到的？

首先，华西医院的庞大服务对象，构成了华西医院微信公众号的"粉丝"基数。另外，华西医院的微信公众号在创作每一篇微信推文的时候，并不是以追求阅读量为目的，而是以受众的需求和科普为目的，站在受众的角度，了解受众的喜好，慢慢积累人气和"粉丝"量。

亲民、接地气、态度平实、专业扎实，或许这些就是华西医院微信公众号给大家的印象。从那些推文背后，读者分明能够感受到华西医院微信公众号后台那一个个年轻热情、活力无限、专业强大的有趣灵魂。

　　疫情防控,院感先行。四川逆行武汉第一人乔甫,正是一名院感专家。他坚守武汉74天,辗转雷神山医院、武汉客厅方舱医院、武汉大学中南医院等地,为第一线的战"疫"做出了卓越贡献。

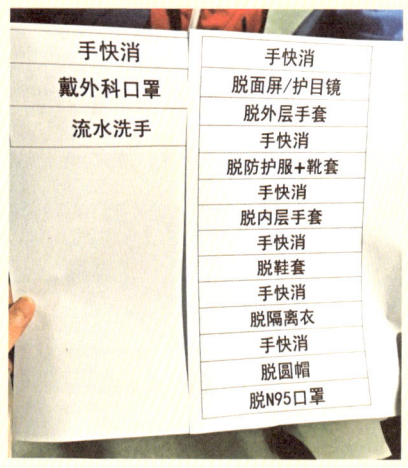

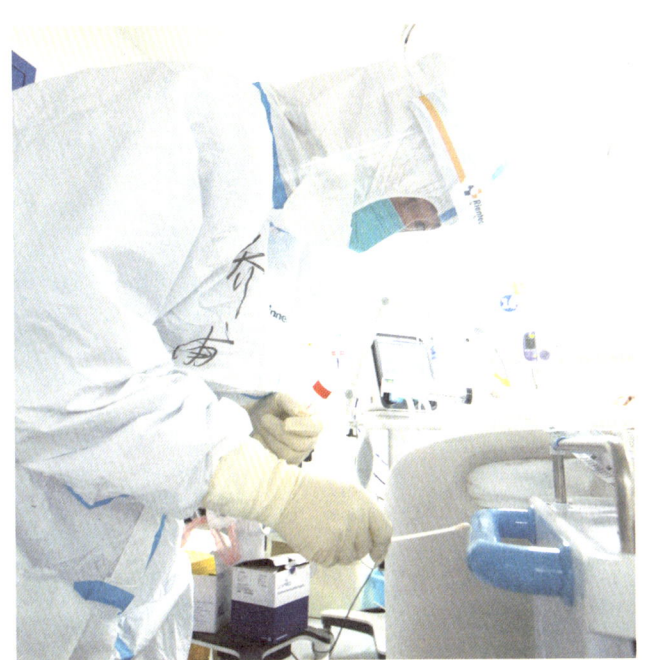
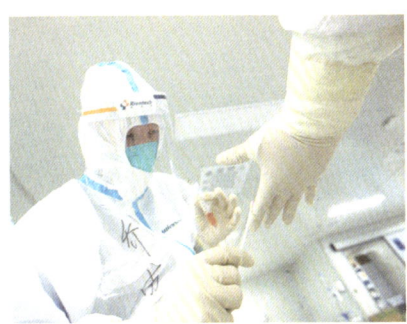
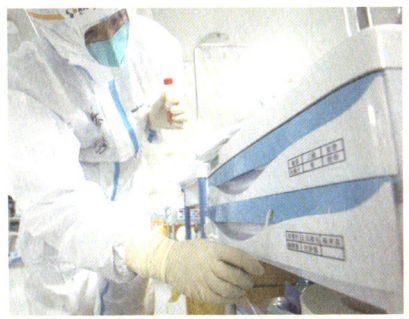

疫情期间，华西医院多次将5G技术应用于新冠肺炎远程会诊。5G远程会诊系统以华西医院为中心节点向邻近医院辐射，最终建成覆盖省、市（州）、县三级的5G远程会诊系统，形成全省及前线医院远程会诊的"一张网"。

华西医院辟谣小分队

推出疫情防控手册、心理防护手册、在线防控的"华西模式",以"华西医院辟谣小分队"的名义活跃在各大网络平台,不时推出刷爆微信朋友圈的10万以上阅读量的科普文章……

预防新型冠状病毒,来看华西专家最近整的这些靠谱嘞科普!

四川大学华西医院 1月29日

最近大家是不是被各种关于【新型冠状病毒】的消息刷屏了,

大家最最关心,肯定是疫情的最新情况,

此外,如何做好预防措施,才能有效地保护好自己和家人,可能是大家最最想晓得的了。

但是,不管是微博上、朋友圈里还是微信群头,总有那么多的"不靠谱",让没有医学专业知识背景的大家……

华西医院科普小视频:预防新型冠状病毒,应该怎么样做好日常消毒?

四川大学华西医院 2月17日

1. 预防新型冠状病毒 该怎么样做好日常消毒?

2. 生活中还有哪些可能会接触到病毒,但又容易被忽略的物品/地方?

抗冠科普

四川大学华西医院

华西医院科普小视频:预防新型冠状病毒,应该怎么样做好日常消…

华西医院科普小视频:关于洗手这些小知识 必须要掌握

华西医院科普小视频:返岗复工,这样做最安全!

华西医院科普小视频:预防新冠肺炎,口罩该怎么戴、又该多久换…

天天戴口罩,不消做护肤、防晒哇?华西专家说,这份口罩护肤…

华西专家提醒老年人,在屋头躲病毒是对的,但还要做好这6件事免…

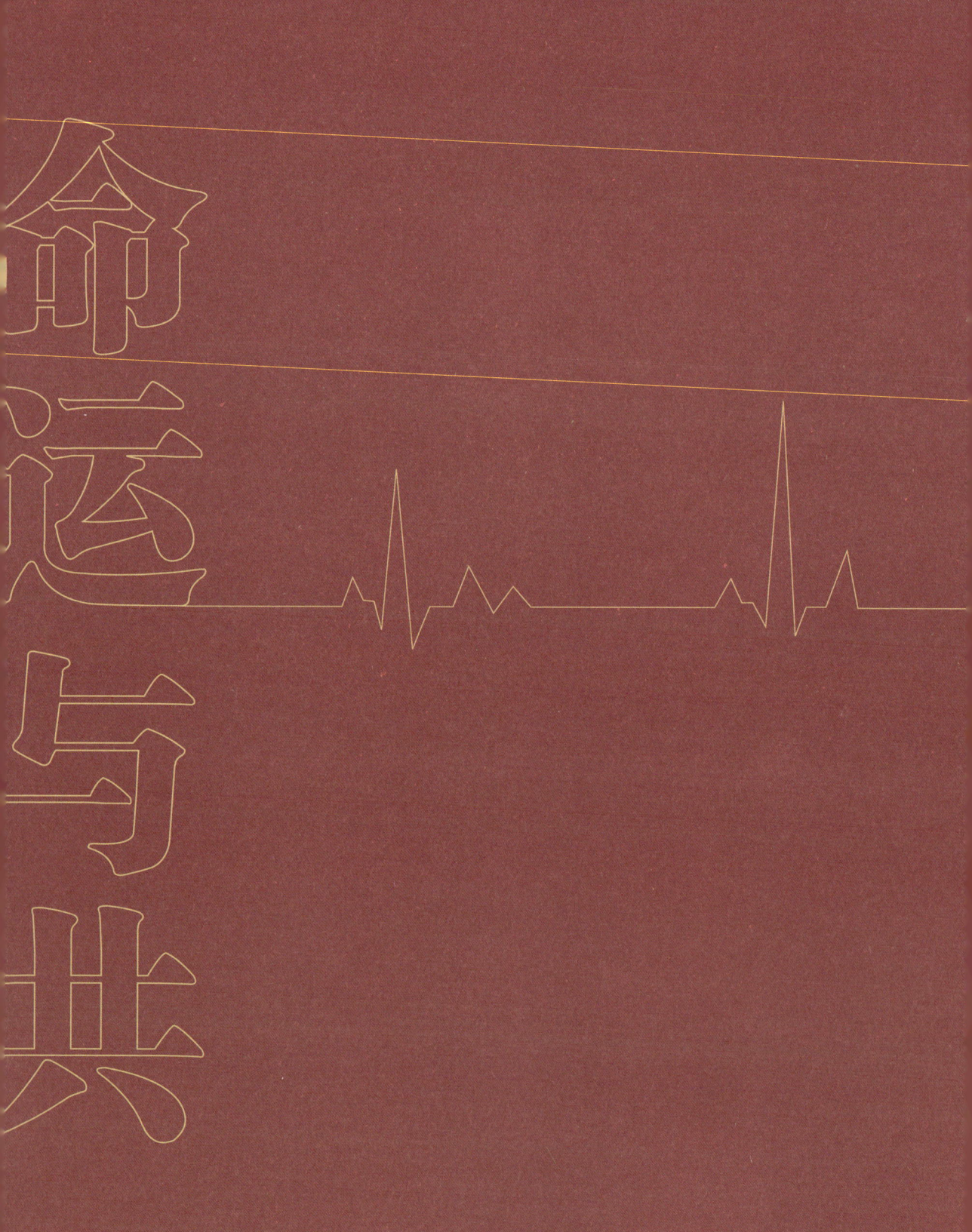

新生

同胞之爱，天下大爱

《诗经》中那"岂曰无衣，与子同袍"的豪迈与同慨之情，深刻诠释了祖国同胞的"命运与共"。面对国家危难，中华儿女总是以各种方式共同胞之情，纾同胞之困，济同胞之难。同胞之爱，可谓天下大爱。

疫情期间，这样的同胞之爱从每一个家庭出发，汇聚武汉，推动着整座城市坚定前行。当爱在人间蔓延，就没有人身处孤岛。

在武汉的一张张病床前，他们用精湛的医术、真诚的关怀、乐观的笑容给患者带去希望。患者重获健康，既是自己的新生，也是一个家庭的新生，更是武汉这座城市的新生。患者一个个康复出院，临走前的不舍，令人动容。患难见真情，这样的医患情深也让华西青年自己的人生得到升华。

在武汉，在成都，送迎英雄的队列里，一副副面孔真情流露，一双双眼睛凝望着我们这个时代的新英雄，他们重新定义了"偶像"。这种精神的传承，何尝不是一种大爱的延续？

前浪沸腾，后浪奔涌。

感佩这些英雄青年们，他们善良、勇敢、无私、无畏；他们心里有火，眼里有光；他们展现了新一代中国青年的模样，正在努力塑造新时代中国的气质。

华西青年的"新生"

2020年4月7日,四川省最后一批援鄂医疗队队员141人从武汉乘坐飞机回到成都。至此,华西医院援鄂医疗队全部平安返回。

而最难舍的,就是患难之中建立起来的战斗情谊。

与武汉当地的同行告别,非常不容易。

"真的就是战友了,今天早上离别的时候,大家都非常舍不得。"乔甫深有感触地说,"今天上午,当地特地为我们举行了送行仪式。哎呀,现场大家都哭得稀里哗啦的,要走了,既激动,又很舍不得,这都是战友啊!"

按照规定,即使回到成都,乔甫和队友们也需前往集中隔离休养基地接受为期14天的医学隔离后才能返回家中。"我回家后要先去吃'落地火锅',再好好陪陪家人。"乔甫说,"希望自己能早日回到以往的生活状态,也希望武汉能早日恢复如常,人们都能回到正常的生活状态,大家都能越来越好!"

"落地火锅"被成都人戏称为"还魂火锅"——很多从外地返回成都的四川人,在落地后还没有放下行李就要心急火燎地去吃一顿火锅。吃了这一顿火锅,整个人好像才还了魂,才真正回到家里。所以,医疗队很多人回成都结束隔离后的第一件事情就是去吃火锅。

此次征战,乔甫感受颇深,他对自己的成长有了新的认识和体会。

"首先,在专业技能上,我学习到了新的知识和理念。"乔甫告诉笔者,新冠肺炎疫情,以前从来没有遇到过,他对这个疾病的病原学特性、流行病学、防控方法等的认知经历了从无到有的过程;对各国防护用品的标准、使用范围也有了新的认识;并在实践中探索如何因地制宜将体育场馆、展览馆改造成临时传染病医院(方舱医院),将综合医院改造成传染病医院;如何在边建设、边验收、边收治新冠肺炎患者的过程中建立感控体系,落实各项感控措施,确保所有的医疗队、工勤人员、施工人员不被感染。这些经验和做法都非常宝贵。

此外,此次战"疫"也让乔甫充分看到了感控的价值。

"国家层面从一开始就非常重视感控工作,从派出的人员就可以看出来。我是四川第一个去武汉的,同一批次的还有全国其他地方一同被抽调过去的9名感控专家,而在此之前的1月21日,已经有2名国家级的感控专家到达武汉并开展工作。"乔甫说,"所有的医疗队到达武汉,进行的第一场培训也往往是感控知识培训,这充分说明了政府对感控的重视。另外,临床一线医务人员也非常重视感控,非常信任感控人员,不管是上临床救护病人还是下班回驻地休息,不管是开会还是想饭后散步,甚至返回成都开始隔离生活,都要先问一下院感管理老师有什么指导意见。医院的行政后勤也是如此。在方舱医院的建设和武汉大学中南医院的改造过程中,设计方、施工方、组织方都盯着院感管理部门,开工的第一件事情就是要院感管理部门给出改造的方案,他们才好画图、施工。在刚开始物资缺乏的时候,设备部门收到了各种各样的防护物资,也不知道能不能用,这时候他们第一时间想到的也是院感管理部门,请我们去评估,哪些口罩、哪些防护服可以用于一线,哪些可以用于普通病房。这些充分体现了我们的专业价值。"

"从整个抗疫工作看,华西高效的执行力和部门之间的有效协作,是我们制胜的法宝。"乔甫说。

消化内科副护士长王瑞也在酒店里开始了她14天的隔离。

"隔离期间最大的任务就是休息。突然从高强度的工作状态转换为这样的悠闲状态,让人很不适应。"王瑞说,"很多同事也遇到了同样的问题,每天早上6点多就自然醒了。甚至有时候,早上6点多醒来后,立刻精神抖擞地做好了战斗的准备,却发现自己已经回到了成都"。

王瑞的丈夫陈心足3月31日就回到了成都。

"理论上讲,等我隔离完了,我们就可以见面了。"王瑞特地强调了"理论上"3个字,因为她心里清楚,等她结束隔离后,陈心足肯定早就结束了隔离期和休整期,热火朝天地投入到了新的工作中去。

"各个方面都有很深的感悟,这对我们每个人来说都是一次难忘的工作经历。"王瑞说。

武汉是一座英雄的城市。王瑞觉得,尽管没能等到4月8日武汉重启的那一天才离开武汉,但武汉的战友也发了很多武汉复工的视频和图片给王瑞。"看到武汉复苏,我深感欣慰。"王瑞说。

武汉的医务人员也给王瑞留下了深刻的印象。

"更多赞美应该送给武汉的医务人员。我们只是在最困难的时候协助了他们。而他们,一开始就顶住了压力,一天都没休息。"王瑞感慨不已。

对于华西精神,王瑞也有自己的理解:"华西要做就做最好的,要救就救危重的病人,要扛就扛最重的担子。"

"华西把最锋利的手术刀,送到了前线。"王瑞说,"每当我们看到命悬一线的病人被治愈了,出院了,都感到挺骄傲自豪的。"

回到成都后,消化内科副教授邓凯对自己的专业也有了更新的认识。

以前我可能不太确定如何防护才是最好的,但是现在可以很明确地知道该去关注哪些关键的细节,碰到疑似新冠病毒感染的肺炎患者需要做消化内镜时,只要防护措施得当,工作依然是可以开展的。我作为一名在武汉战"疫"前线重症病房工作过2个月的临床消化内科及内镜专科医生,有相关的工作经验,在我们医院、在四川甚至全国其他地方,如果有需要,我会毫不犹豫地去开展内镜方面的诊疗工作,只要能给病人带去多一丝丝的希望,那也是千万个值得的。

"华西精神的核心,是迅速的执行力,是融入工作的贴心和细致,是对专业精进的执着和坚守,是在专业上的刻苦钻研态度;华西精神,是你在前方战斗,我在后方为你护航,惺惺相惜。"邓凯眼中的华西精神,是这样的。

在邓凯看来,2008年汶川地震发生后,四川是在多方援助之下艰难挺过来的。这次武汉告急,华西医院也不提任何要求,自带"干粮"前去,帮助武汉解决问题。客观条件限制等困难都是次要的,一切都可以克服和解决。经过大家的努力,从一开始的一床难求,到后来应收尽收,病人一个一个地好起来,病房一天一天地空下来,一切都朝着更好的方向发展。

"这个城市慢慢复苏过来,这种令人振奋的感觉,是身着白衣以来从未有过的。在华西工作,不只是一份工作,更是一种理想。华西的员工,都是把工作当作理想在做。"邓凯说。

最让邓凯感动的,是华西医院团委协助各方力量,在后方把医疗队队员家庭照看得细致又周到。当时物资短缺,他们给医疗队队员家里送口罩、酒精、蔬菜、水果。学校停课,孩子休学在家,四川大学校团委组织川大的学生自发为医疗队队员的小孩进行一对一的学业辅导和故事分享。

内分泌代谢科副教授吕庆国回到成都后,就立刻意识到自己对父亲的谎言再也瞒不住了。

"铺天盖地的新闻,每篇基本都附有名单,我的名字很少有重名的。"吕庆国说。

他决定,还是让弟弟开这个口。

"你们兄弟俩真是的,怎么瞒了我两个月。"父亲说,"不过你哥选择去武汉是对的。"

吕庆国觉得,父亲肯定是后怕的,不过自己毕竟平安回来了,他也就不用再担心了,更多的是一种骄傲。

回顾这段时间的工作,吕庆国觉得收获特别大。

"我们的工作模式特别好。"吕庆国说,"各个专业的老师都有,在一起工作,让我学到了很多东西。"

说到华西精神,动力运行科工程师张宏伟最大的体会是"家国情怀"。"每当国家出现困难的时候,大家想都不会想,首先要把国家放在第一位。"张宏伟说,"在武汉期间,我们面对的不是冷冰冰的机器,而是有血有肉时刻牵挂着病人的白衣天使。身为团队的一员,与以往不同,我能近距离走到他们身边,感受着他们的欢笑和泪水。这里有临时变理发师的老师,有一同上战场的夫妻,有舍小家为大家的老师,有带着患者跳舞嬉戏、给他们带来欢乐和希望的老师,有专业严谨、为每一位重症患者开展多学科会诊讨论的老师,还有推着100多斤的氧气钢瓶、巾帼不让须眉的老师……这一幕幕鲜活的画面深深地印在了我的脑海里。我为能成为这个大家庭的一分子而感到自豪。"

通过这次援鄂,张宏伟对自己有了更高的要求,他光荣地加入了中国共产党,决心在今后的道路上不忘初心,砥砺前行!

当医疗队纷纷撤回成都时,设备物资部采供科科长雍鑫和他的团队还在继续忙碌着。

他们开始总结和梳理疫情期间的工作。物资的准备和发放流程,供应链体系的建设等环节,都需要他们去思考。

"体系建设得更完善了,再遇到这样的事情,就会更从容。"雍鑫说。

"我对我所在的团队感到非常自豪。"雍鑫说,"疫情发生以前,大家都是按部就班地工作,哪怕是加班到深夜,也不会有什么特别的感觉。疫情发生后,团队团结得更加紧密了,使命感更加强烈了,没有人在乎这是不是应该由他干的活,也没有人在乎自己已经连续加班多少天了。虽然我们不在前线战场上,但是我们能为战场上的人挥洒汗水,依旧是无上光荣的。"雍鑫对华西精神也有了更深层次的理解。

"只要我们一起努力,就没有华西做不好的事情!"雍鑫坦言,"刚开始的时候,医疗物资真的太紧缺了,采购物资真的太困难了。"但他们脚踏实地,一刻也没有懈怠,终于圆满地完成了任务。

"我们华西的对外援助是去解决问题的,绝对不能给别人增加麻烦。所以我们的物资保障必须充足,不仅要保障好自身的物资,保障好我们出征队员的安全,还要力所能及地在物资上支援别人。"雍鑫总结道。

从小家的爱，到天下大爱

锣鼓喧天，彩旗飘扬。

重症医学科主治医师基鹏远远地看到人群中父亲和母亲在朝她招手和点头。

父亲拿着手机对她一直拍，基鹏感觉到有点局促，不知道该摆出什么姿势和做出什么表情配合他。她猜想，那些照片肯定没有什么构图可言，甚至连人物都是模糊的。可在那一刻，她知道，父亲所有的思念都定格在一次又一次按下手机快门的时候了。

站台对面，专门搭设了一个媒体摄影区域，摄影师无数次按下快门的时候，基鹏甚至有点恍惚。

仪式结束，基鹏顾不上是否还有什么科室合影的环节，狂奔向父母所在的方向。母亲抱着她号啕大哭，2个月的担心和挂念化作了眼泪和无法分开的拥抱。74天里，他们压抑担忧、隐藏恐惧，彼此以最阳光积极的一面在微信上"相见"，等到真的见到、触摸到时，千言万语也比不上一个热腾腾的拥抱。他们紧紧贴在一起，听得到呼吸，感受得到温度。

基鹏的"战地笔记"终于要收尾了。

今天早上，大家还是照旧在群里叽叽喳喳聊天，"光速美少女"昨晚就赶去做了头发、种了睫毛，勤劳的雪姐在我起床的时候已经带狗儿去遛了两圈，宝妈说"神兽"让她一早上不得消停，最搞笑的是赵老师，"睡到半夜醒来发现旁边有个人，吓死我了"，还有人说已经要去买菜做饭了，怀念领盒饭的日子。这样的他们真实又可爱，每个人都回归自己有烟火味的生活真好。

最近这两个月我一直在问自己，疫情到底改变了我什么。想来想去，胡乱记录下点滴，其实可能远不止于此。

1. 国泰民安就是幸福："有国才有家"绝不仅仅是一句口号。覆巢之下焉有完卵，一场疫情背后是国家层面的调度和救援。在前线，我们靠不了家人，唯有依靠集体和国家。做好本职工作，守护好手底下那几个病人，也是守护了国家，继而守护了远方的小家。几天前Angela康复回家了，她说家是让她觉得最温暖和安全的地方。对老百姓而言，何尝又不是呢？早上我睡懒觉，爸爸晨练，妈妈收拾我带回来的一大堆东西；中午妈妈做炸酱面，然后我们吃饭；下午我爸给一家人刷鞋，我去寄快递，然后收拾东西，妈妈继续悄咪咪在厨房不知道干什么活；现在我码字，爸爸锻炼，妈妈和面，时不时问我一句喝不喝水，吃不吃水果，冷不冷。这就是琐碎的一家人，各干各的事情的一家人，完完整整的一家人。

2. 生活可能还能更简单一点。74天是人生中少有的无须考虑衣着搭配、应酬、社交的日子，两点一线反而让人有更多的时间跟自己好好相处。在这个充斥着信息、物质的聒噪的世界大背景下，多了不少的时间跟自己对话，多了不少的机会识别真正的情绪源头。我发现自己其实好像也不太能够应付得了"眼花缭乱"的生活方式，连吃什么好像也没有那么重要了。一个多月盒饭后的一顿"山寨肯德基+快乐肥宅水（指可乐）"能够让我"高兴得起飞"，回家后"热热闹闹"的火锅也觉得挺好。

3. 收获了一些人。在这个方面，我似乎一直是幸运的。佳佳说，今天在行政楼里一个老师拦住她，问是不是跟我关系很好，她说她是我的粉丝。其实这段时间一直都有各种各样神奇的收获，有来自武汉大学人民医院东院区的本院医生，有队内战友，有通过宣传部找到我的谭老爷爷，也有通过文字认识我的网络那头不知名的人们，他们不约而同地给予善意和赞赏，让我相信自己值得为这一切美好而存在。所以，谢谢你们。生活的锤炼让我们坚强，真诚和爱让我们更勇敢。

4. 强烈地希望这个世界能够有更强一点的使命感。其实一直都没有告诉爸爸妈妈，我是第一批主动报名要求参加救援的。总觉得说出来自己就更像是没有责任感的坏孩子，直到今天中午跟妈妈聊天才坦白。她说我离开家以后，她特别自责，觉得当年建议我选择学医的决定毁掉了我的一生安稳和太平，仿佛我现在需要前往疫情一线是她一手造成的。我跟妈妈说，决定我去一线的不是我的身份，是我内心强烈的使命感和希望能够帮助到别人的赤诚。武汉抗疫，全国抗疫，全民抗疫，医务人员只是被报道得较多的群体而已。我跟妈妈讲高博和小年的故事，讲他们学了摄影跟来到抗疫一线这么看似不相干的事情。他们觉得需要为这个时代留下影像资料，于是跑来前线，天天跟我们进隔离区。我跟妈妈讲闺蜜在疾控中心从春节到现在一直没有休假，讲在酒店照顾我们的工作人员、公交车司机，或者在家里闲不住来给我们做咖啡的小姑娘，他们谁都没有学医，可是疫情面前他们谁也少不了。我跟妈妈说，就算我不学医，学了其他的，我也一定会用我的方式参加到对疫情的抗击中来，那是因为我的心就是这样的。妈妈点点头，我也在心里对自己点点头。希望这个世界能够好一点，这股热忱，我很庆幸自己到现在，35岁，仍然有。

5. 记录的重要。我很感谢"战地笔记（1）"33万多的阅读量，这大概是我这辈子再也没有办法企及的人生巅峰和高光时刻。因为这个数字的鼓励，才有了接下来的10篇笔记。我想人生是特别需要旅程的记录的，回顾这11篇战地笔记，我感恩自己坚持工作之余的记录和反思，让自己有文字的记载来记住这个难忘的2020年的春天。"风萧萧兮易水寒"，每个人的宿命都是类似的。可是，有生之年，文字带给自己或者别人的力量，大概不会被轻易磨灭。所以，谢谢你们陪伴我这一路，也希望自己在工作之余能够继续坚持记录。说好的探秘ICU系列，没准会在某个时机成熟的时候慢慢出来呢。

至此，战地笔记系列完结。回到标题的那个问题，这个世界会好吗？一定会！祝你们一切都好，我也好。

返回成都前，医院感染管理部助理研究员朱仕超在归心似箭和不舍战友的矛盾情绪中有些煎熬。

但无论如何，即便他们不曾见过彼此摘掉口罩后的样子，他们也一定会记得这段患难与共、迎难而上的岁月，牢记彼此并肩作战、生死相守的身影。

朱仕超对此次抗疫的感悟很多，最大的感悟在于他明白了个人的力量是有限的，哪怕是上前线的白衣战士，一个人所能做的都不多，但在党中央统一指挥下，整个国家和社会都参与到这场抗击疫情的斗争中来，贡献自己的力量，一股股小力量就能汇集成对抗疫情的滚滚洪流，最终战胜疫情。这正是我国社会主义制度优越性的体现。他为自己是一个中国人而自豪。

对于华西精神，朱仕超的理解是低调务实、踏实做事、不图虚名、不争功劳。在他们的团队里，大家为抗疫工作扎扎实实地贡献了自己的力量，每个人都尽职尽责，为支援的医院解决了很多实际问题。

和乔甫一样，朱仕超也加强了自己的职业认同感。感控专业这次在抗疫医疗队中发挥了重要作用，主要体现在阻断病毒传播、保护医疗队战友的安全上。

"我们医疗队全体平安归来，实现了'零感染'，也是感控工作效果的良好体现；自己平时积累的感控知识和技能也很好地在这场疫情中得到了运用和锻炼，解决了很多实际问题；还有就是更真切地感受到自己可以为社会做很多事，实现自我价值，这也是很不错的事。"朱仕超说。

医疗队撤离武汉时，武汉人民夹道相送。回到成都，去往隔离点时，家乡人民沿街相迎。

吴孝文的亲朋好友，也对参加了这次援鄂的他冠上了"英雄"两个字。

那一阵，他收获了这一辈子听得最多的赞美和表扬。

他成了英雄。

这样的英雄不多啊。

"这样的称呼、这样的礼遇，我很感动，真的。但是，受之有愧啊。"吴孝文坦言，感动的是国家和人民对他的肯定、对他的认可；受之有愧的是作为一名护士，救死扶伤本是他的职责，犹如战争中的军人、火灾中的消防员。他只是做了一件身为医务人员该做的事情，却受到了如此高的礼遇，实在惭愧。

吴孝文觉得，那些几十天未曾好好休息天天接送他们上下班的司机师傅，那些武汉封城后仍坚守岗位的环卫工人，那些为居民送菜到家的社区志愿者，那些几天几夜不眠不休为武汉运送物资的货车司机，那些和他们奋战在一线报道疫情的新闻工作者，还有那些居家隔离的千千万万的普通人，以及和他们在同一战线的病人，也应当是英雄。

"每一个人，每一个职业，在这种危难时刻都能明白自己担任的角色和承担的职责，要论英雄，人人都是英雄。"吴孝文坦言。

此次出征，他对华西人浓厚的家国情怀感受颇深，最让他感动的是领队罗凤鸣教授。

罗凤鸣是大内科党总支书记，多次参加涉外援助，对待工作专业严谨，对待病员细致入微，对待医疗队的成员更是关怀备至。援鄂57天，他一天都没有好好休息过，全身心扑在工作上。平时下班时碰见，他说得最多的就是要把大家安全带回家。平安返川后，罗凤鸣一直在对医疗队成员说，很对不起他们，没有照顾好大家。

"其实，在我们心中，罗老师已经做得非常好了。"吴孝文回忆，只要医疗队队员有一点不舒服，他都会抽时间亲自到房间门口去了解探望，队员们不论是工作上还是生活上遇到困难，他总是很认真地去帮助。在罗老师身上，老一辈共产党员坚定的理想信念，老一辈华西人深沉的家国情怀，都让吴孝文感受颇深。他很荣幸在罗老师的带领下去完成抗疫之战。

"在我以后的人生路上，此时感受到的这种精神将会一直引领着我。"吴孝文说。

在吴孝文看来，在抗疫的过程中，他成长了。

在"家"里做事，不论做什么事，背后都有华西医院这个后盾给你作支撑，让你干起来会轻松很多。而此次在武汉，我们建立重症病房，因"阵地"太远，"娘家"给不到你全部资源，很多事情"来真的"了，必须要亲力亲为，一切从零开始，医生梳理救治流程和方案，护理人员梳理工作流程和专项管理方案。而且病房里大部分的医务人员都不是搞重症的，都是从其他专业临时抽调过来的，甚至有从门诊、体检中心调过来的护理人员。在这种情况下，我们除了梳理工作，还必须加强培训非ICU人员的专业素养，即自己在管理好重症患者的同时，还需要指导组内其他人员管理病患，这样才能有效地完成重症救治任务。极大的压力催生出了一颗强大的内心，我感觉自己在这短短2个月之中有了一些不一样,很多以前觉得困难的事情,在历经这么多事情之后可以从容面对了,专业上的事情也更加熟练,病区人员管理、物资管理也有了头绪,感觉收获颇多。当然也感受到了自己的不足,第一是工作上需要更加具有逻辑性和条理性,这很重要,因为你的做事态度会直接影响其他同事做事的态度。第二是需要接受更专业的ICU技能培训,如CRRT、ECMO、重症超声等,未来重症患者的管理会更加精细化、可视化,自己必须充分掌握这些技能,才能更好护理患者。

吴孝文同样为自己身为一名中国人感到自豪。

我们不崇尚个人英雄主义,我们需要的是千千万万个在国家遭受危难之时、人民饱受痛苦之时勇于站出来的人。在这场抗疫大战中,在党和国家的带领下,全国上下万众一心、众志成城,各行各业挺身而出参与抗击新冠肺炎疫情,才让疫情这么快稳定下来,才让生活慢慢归于平静。我为自己的国家和人民感到自豪,我为自己身为一名中国人而感到自豪。

关于团队,吴孝文也有自己的理解。

我理解的团队分为两部分。一个是大团队。有句老话是:树大好乘凉。此次出征武汉,华西医院这棵大树,让我们都感觉好像背上了"空调"——冷暖自如。在武汉所有援鄂医疗队中,我们华西医疗队的生活物资是最好、最细致、最令其他医疗队羡慕的,贴身衣物、防寒外套、工作服装(鞋)、消毒防护用品、各类食品应有尽有且品种繁多,更细致到连指甲刀、护手霜、刮胡刀都贴心准备了。医疗物资从特殊耗材到精密仪器,只要是救治需要的,哪怕是调动大本营各科室的储备,医院也要快速运送过来。有这样强大的团队作为后盾,才让我们在前方一线救治患者时彰显出足够的"豪横"。另一个是小团队:医疗队。出门在外，医疗队如同一个小家，大家在工作和生活中相互帮助、相互陪伴。很荣幸此次出征武汉，能和这么多优秀的队友组成一个小团队。在出发的当天，我就感受到了领队的责任感和担当。领队罗凤鸣老师和冯梅老师对我们说的第一句话就是：以自身安全为先，要把你们都平安带回家！在当时，这给不安的我们打了一针镇静剂。随后和医疗队的各位老师认识后，也深深感受到了团队的关怀。我相信，只要是华西人，都能随机组合出一支优秀的队伍来。我以前也参加过很多次医院的团队事务，每一次都会认识很多非常优秀的老师，他们专业精湛却深藏若虚，医院给一个任务，没有钩心斗角，没有偷奸耍滑，大家都群策群力尽力去完成。这就是华西模式，每次都是为做一件事而聚拢，每次也都不辱使命。

吴孝文还特别感谢自己的妻子。身为护士的她，除了要做家里琐碎的事，还要牵挂远在武汉的吴孝文。

援鄂57天，吴孝文长胖了，媳妇却瘦了，吴孝文很心疼她也很感谢她。"世人都看到我们这个有名的'英雄'，却不知，所有有名'英雄'背后，有更需要被铭记的无名'英雄'，那就是亲人、爱人、朋友、同事。没有稳定的后方，哪有专注的前线。诚挚地感谢大家予我关怀、祈我安康！"吴孝文说。

结束隔离后，急诊科护士童嘉乐终于见到了妻子，他小心翼翼地和妻子肚子里的宝宝来了一个隔空"握手"，激动得不行。

回忆起在武汉的日子，童嘉乐感慨万千。

"我感受到了党员的先锋带头作用，坚定了大家战胜疫情的信心；感受到了战友们的团结和无畏，这是一种使命、一种担当；感受到了病人乐观的心态与坚忍的意志，让生命充满希望；感受到了警察、环卫工人、酒店工作人员、快递员、公交车司机、志愿者、记者等众多平凡的人在各个岗位的坚守与付出，建立起了人与人之间爱的桥梁。正是因为全国人民团结一致的强大力量，我们才能迎来现在灿烂温暖的胜利曙光。"童嘉乐说。

童嘉乐坦言，华西精神始终鼓舞着他不断前行。在一线抗击疫情期间，他看到每个医务人员始终以患者为中心，随时随地地关怀、服务患者，很多战友下班后还在想某位患者心情不好应该多关心，某位患者想吃什么能否想办法满足，某位患者生活用品不够了能否提供，某位患者的病情应多关注什么。团队在工作中不断精益求精，求实创新，每当在工作中遇到难题，都会拿出来探讨，力争让每一位患者都得到最好的救治。

4月21日上午，华西医院第二批、第三批共140名援鄂医疗队队员全部解除隔离。

在大合照现场，"C位"却是空着的。

原来，这是康焰的专属座位。康焰是第三批援鄂医疗队队长，他和他的队员在4月7日一起回到成都休整。可才休整了3天，他又接到国家卫生健康委员会的任务，于4月11日赶赴黑龙江绥芬河支援抗疫。

"康师傅，我们把'C位'和祝福送给您，等您平安凯旋！"队员们深情地说。

血脉传承：前辈引领，后辈接棒

结束了一线的抗疫工作后，急诊科护士王维感受最深的是祖国的强大、武汉的英勇、家乡的爱和热情。在这样特殊的时期，大家拧成一股绳，朝着同一个方向、同一个目标努力，各行各业的人，都在用自己的方式表达着对抗击疫情的支持和决心。

在这两个多月援鄂抗疫的日子里，她深刻感受到了作为一名华西人的归属感和自豪感。

"不管是在汶川地震、芦山地震、汶川泥石流灾害发生时，还是在现在的抗击新冠肺炎疫情中，华西人都不畏艰险，将个人生死和得失抛于脑后，永远冲在最前方，这是有责任有担当的华西人，充分展示了华西人的家国情怀！"王维说，"华西精神是每一位华西人铸就的，华西精神存在于每一个'小我'中，围绕在我们身边。我们被关爱着、呵护着、感动着。这也促使我们去传递这份关爱和感动，将这份情谊和精神传承下去。"

"在我们华西第三批援鄂医疗队中，青年医务人员是主要力量。这个年轻的团队不仅有责任、有担当，还有或许超出这个年龄的沉稳与专业。但他们在工作之余又活泼、欢悦、前卫，思维活跃，奇思妙想层出不穷。在这个团队中，不管是'70后''80后'还是'90后'，年龄对于每一位队员来说，都只是一个数字。属于青年人的那一种独特的品质，在他们身上闪闪发光！"

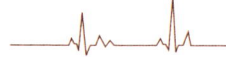

随着疫情得到有效控制，实验医学科主管技师王旻晋的工作也恢复到了正常状态。

"目前，我们主要做总结和科研工作。"王旻晋说。他们的团队研发了新冠筛查APP，目前已经开放下载。该APP综合利用其他的指标，进行新冠病毒的筛查评价，主要针对社区防疫人员。社区防疫人员在基层完成初步筛查后，高风险的再进行检测。

对于王旻晋而言，此次抗疫工作，最大的感受是年轻人已经成了抗击疫情的绝对主力。

17年前非典袭来的时候，他在读初中，还依稀记得当初的停产停学、居家隔离的情形。当时站在最前线的，是一个个普通而平凡的医务人员。17年后，当新冠病毒来势汹汹的时候，站在最前线的，还是一个个平凡而普通的医务工作者。

"对我而言，却有着些许不同：17年前的我是抗击非典的旁观者，今天的我已经是抗击新冠的参与者了！不仅是我，和我一起战斗的同事，绝大多数都是'80后''90后'，甚至是'00后'，我们是抗击新冠肺炎疫情的主力军。年轻一代的医务工作者，经历了这一次新冠疫情的考验，会更快地成长，会更加成熟，更加坚定信念，为中华民族的伟大复兴做出积极的贡献！"

"从到华西那一天起,我看到,在每一次危险和灾难面前,华西人都是奋不顾身地冲在最前面,义无反顾地肩负着'最美逆行者'的责任和使命。我想,经历了这场疫情的教育、锻炼和考验,我们青年华西人对'华西精神'的认识一定会更加清晰和深刻。"

王旻晋所理解的华西精神,主要是责任和担当。

"首先,作为医务工作者,能力越强,责任越大;其次,你拥有这个能力,需要承担这个责任的时候,就要勇敢地担当起来。"王旻晋说。

2020年的新冠疫情把"90后"推上了历史舞台,他们和"80后"一道,成了抗击疫情的有生力量,甚至大量初出茅庐的"00后"也发挥了重要的作用。

前辈稳健引领,后辈踊跃跟上。

优良的华西传统促进了青年的茁壮成长,青年的成长,则为华西的持续发展提供了强有力的后备力量。

让我们拭目以待吧,这些青年人中的佼佼者,在未来必将成为华西医院乃至中国医学界甚至世界医学界的栋梁。

让我们拭目以待吧,华西医院在青年一代以及老一辈医务工作者的共同努力下,一定会不忘初心,牢记使命,薪火传承,砥砺前行。

华西精神永不失落,华西青年接棒前行……

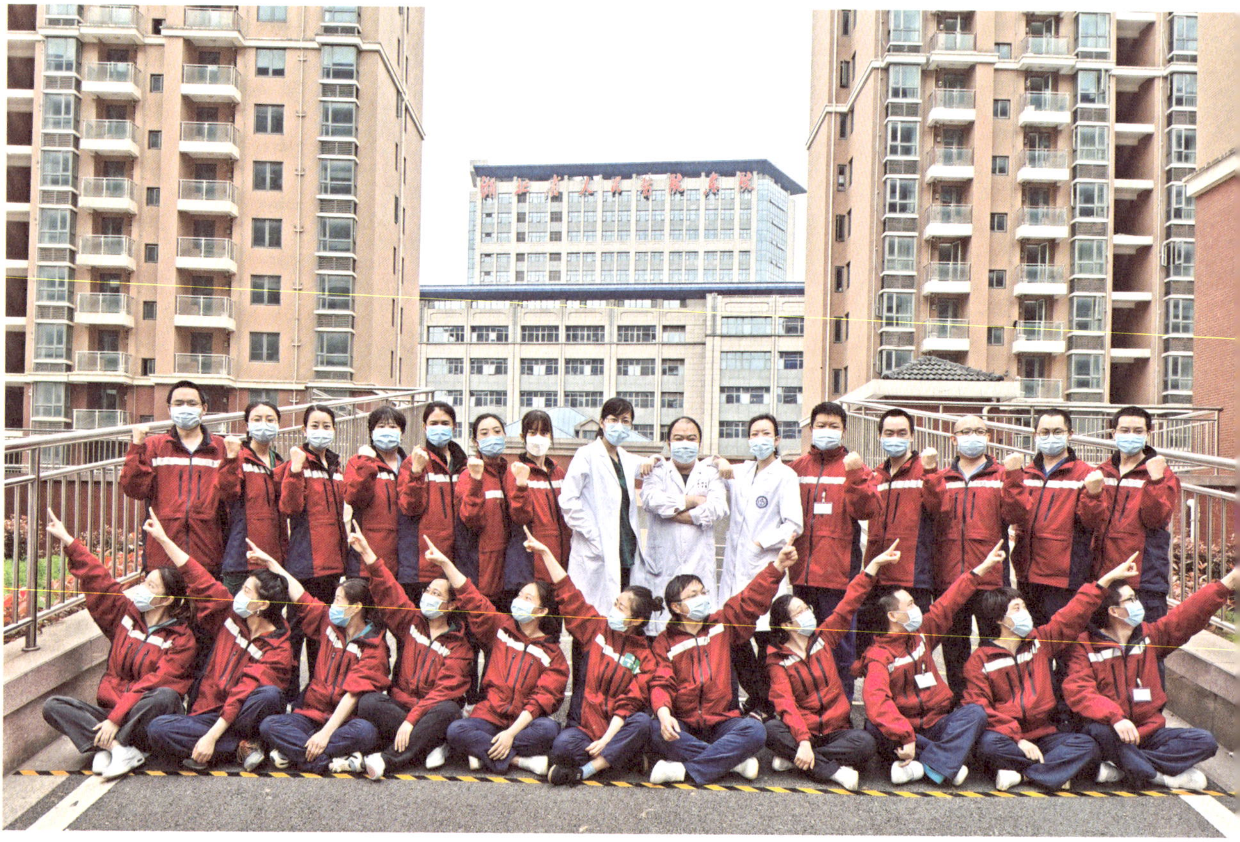

行 共迎春天 —— 支援东院医疗队同心共
樱花烂漫时
我们丛中笑

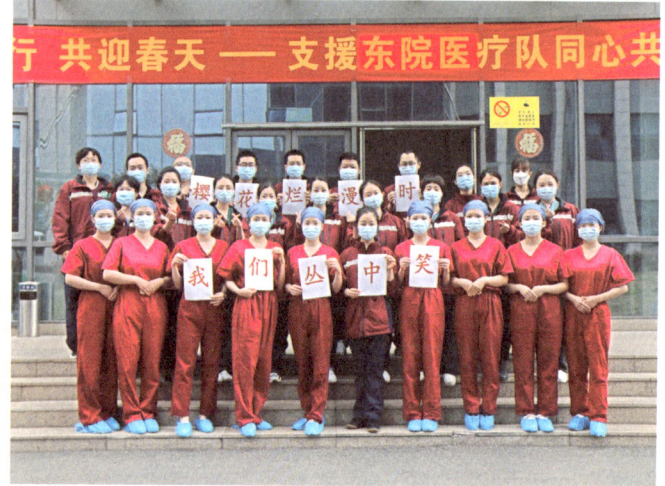

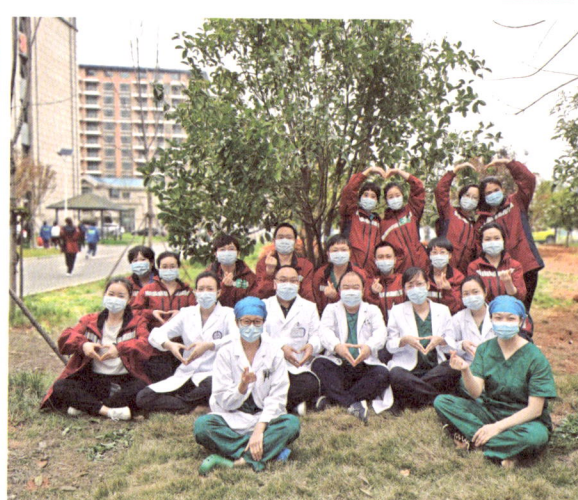

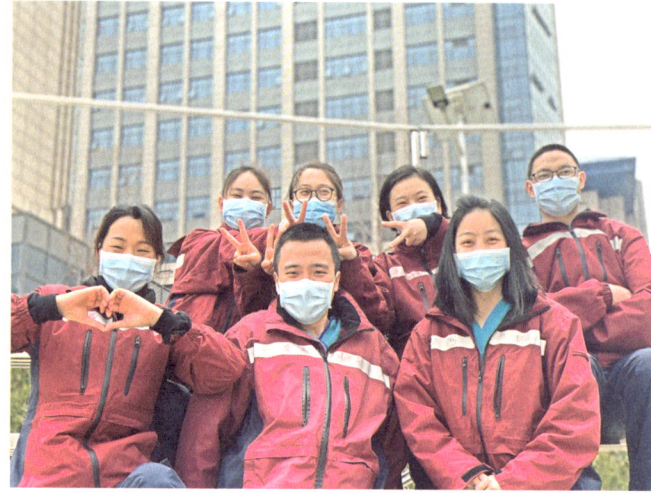

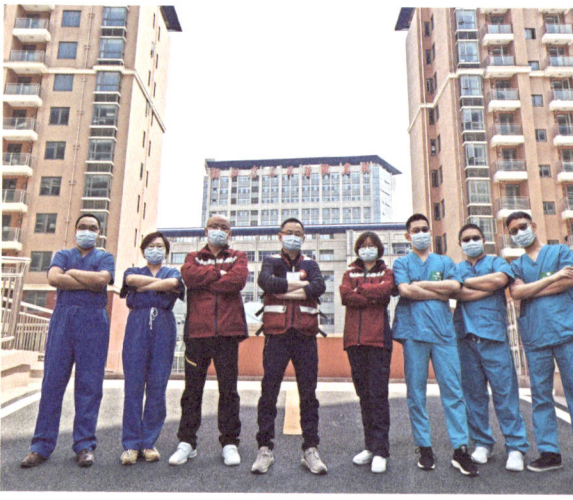

"谢谢你为武汉拼过命""致敬新时代最可爱的人"……他们背负着使命而来,在樱花烂漫时,挥一挥衣袖,带着一行囊的川鄂情谊归去。

长江奔流不息,诉说着武汉人民不尽的感恩之情。

"山河无恙,我们回家啦!"

随着英雄机长刘传健执飞的川航航班到达成都双流国际机场,飞机缓缓通过水门,水雾从天而降,向机上的医疗队队员致以最崇高的敬意。至此,四川最后一批援鄂医疗队队员回家了。74天里,华西援鄂医疗队174名队员实现了"零感染"的目标,用行动践行着他们的诺言:一个不少,英雄归来!

每一代人有每一代人的担当和使命。有人说,这场战"疫"是新青年的成人礼。这里所记录的虽然是华西青年,但他们又何尝不是中华民族新一代青年的缩影?这其中的华西精神,又何尝不是伟大抗疫精神的缩影?

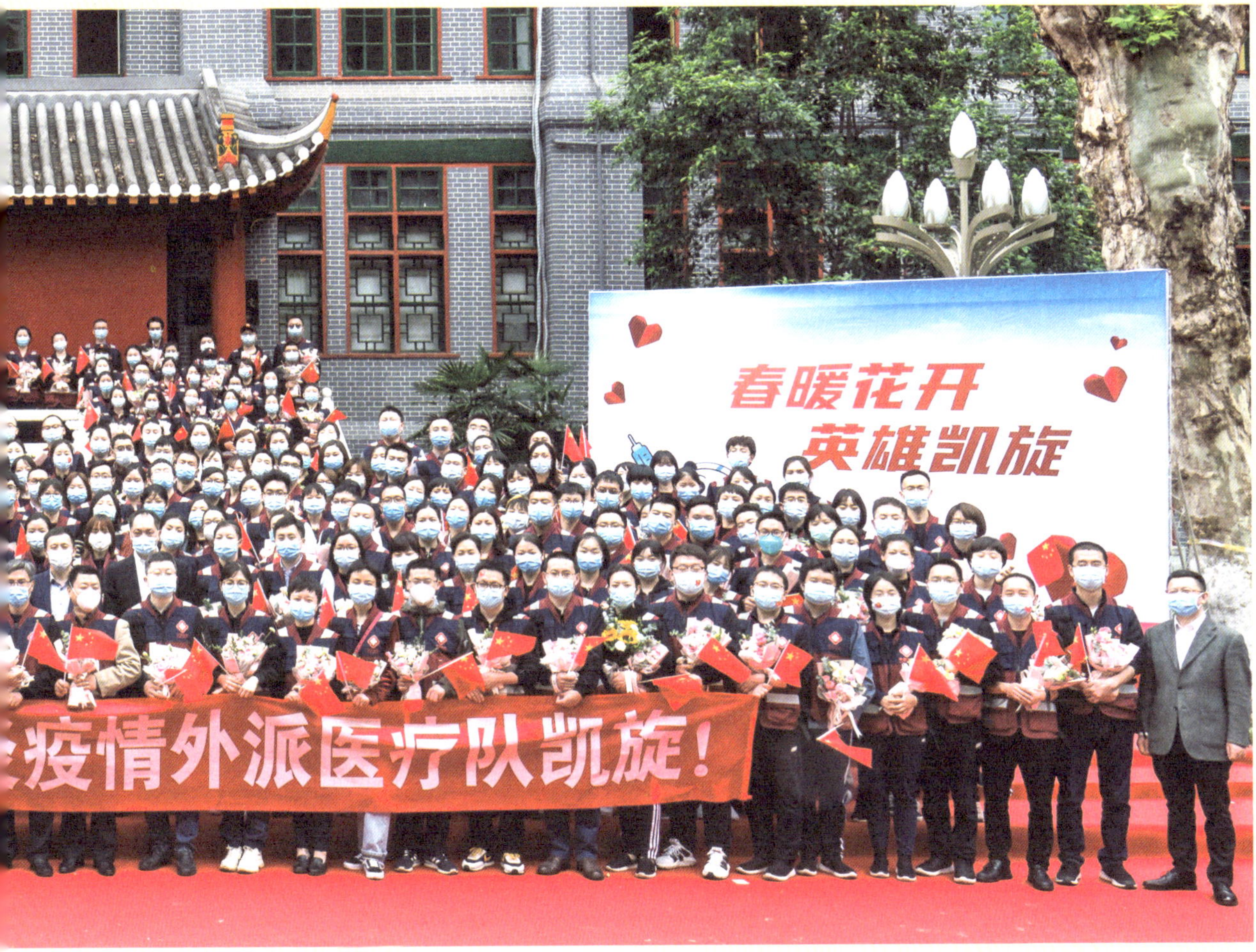
春暖花开
英雄凯旋
疫情外派医疗队凯旋！

热烈欢迎四川大学华西医院援意大利抗疫专家凯旋！

華西醫院
中国政府赴埃塞俄比亚
抗疫医疗专家组
Anti-epidemic Medical Expert Team
中国赴吉布提抗疫医疗专家组

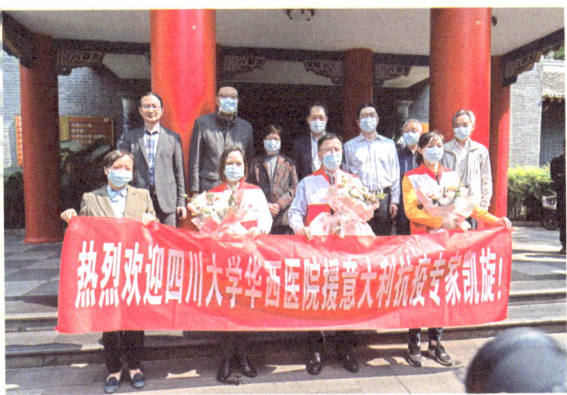

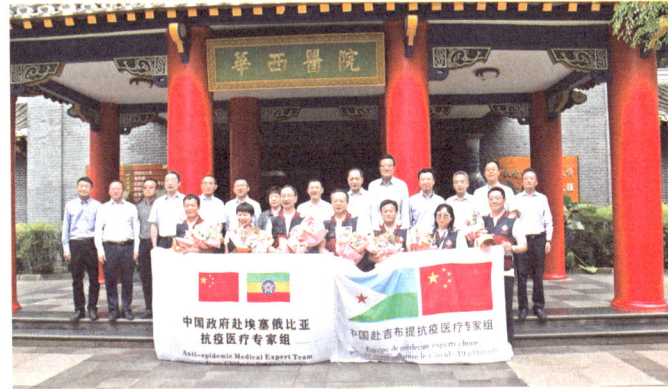

在这样的大灾大疫面前，尤其是我们四川，在经历汶川大地震时，大家都来支援我们，这时候我们又怎么能退缩呢？

——华西医院消化内科副教授　邓　凯

我们最早的一批"90后"今年已经到了而立之年，应该在祖国需要的时候挑起担子，这也是我们的职责。这个年轻的团队不仅有责任、有担当，还有或许超出这个年龄的沉稳与专业。

——华西医院急诊科护士　王　维

重症护理就像保护露天的蜡烛，你得把它放在面前用双手防护，除非蜡油枯竭，不能让其他因素熄灭它。

——华西医院重症医学科护士　吴孝文

我觉得高光时刻不是聚光灯下的成绩，或者万众瞩目的那个瞬间！我们护士的高光时刻，是在病人家属的眼里，在无数患者发光的眼里！

——华西医院急诊科护士　佟　乐

我们的家人，更是这场战斗的无名英雄，我们战斗在前线，他们在用自己的温情给我们最大的动力。

——华西医院内分泌代谢科医师　吕庆国

他们说"星星之火，可以燎原"，而我就是撒下星星之火的人。现在想起来都还特别感动。

——华西医院感染管理部主管技师　乔　甫

没有什么文字足以展示他们的真心和优秀，他们用尽力气拼了命地守护他们的白衣梦想，保护灾难中的同胞的鲜活形象，早已刻在了我的心里，并将一生影响我的职业生涯。

——华西医院重症医学科主治医师　基　鹏

图书在版编目（CIP）数据

青年战"疫"：华西医者的仁心与担当 / 程永忠，廖浩君主编. -- 成都：四川教育出版社，2020.10
ISBN 978-7-5408-7372-1

Ⅰ.①青… Ⅱ.①程… ②廖… Ⅲ.①纪实文学—中国—当代 Ⅳ.①I25

中国版本图书馆CIP数据核字（2020）第124548号

青年战"疫"
华西医者的仁心与担当

程永忠　廖浩君　主编

策划组稿	雷　华　余　兰　卢亚兵　任　舸
责任编辑	卢亚兵　高　玲
装帧设计	许　涵　武　韵
责任校对	杨　波
责任印制	田东洋
出　　版	四川教育出版社
	地　　址　四川省成都市黄荆路13号
	邮政编码　610225
	网　　址　www.chuanjiaoshe.com
发　　行	新华文轩出版传媒股份有限公司
印　　刷	成都市金雅迪彩色印刷有限公司
制　　作	四川胜翔数码印务设计有限公司
版　　次	2020年10月第1版
印　　次	2020年10月第1次印刷
成品规格	185mm × 260mm
印　　张	15.25
字　　数	240千
书　　号	ISBN 978-7-5408-7372-1
定　　价	79.00元

如发现质量问题，请与本社联系调换。总编室电话：（028）86259381